바람에 부치는 편지

차례

책머리에

요즘 세상에는 유머가 없고 풍류가 없다. 그러니까 기인(奇人)이 없고 천재가 없다. 풍류와 기인이 없는 세상은 삭막할 수밖에 없다. 사막에는 군데군데 오아시스라도 있지만 지금 우리 주변에는 물 한 모금 편안하게 얻어 마실 쉼터가 없다. 이 건조한 세상에 신바람을 불어 넣을 궁리를 하다가 옛 선비들의 풍류와 멋을 들춰 재구성을 하면 한 줄기 시원한 비가 될 것 같은 생각이 들어 그렇게 글을 써 본 것이다.

이 글들은 바람이나 달을 읊고(吟風詠月) 바둑이나 두고 술이나 마시는(譚棋說酒) 이야기지만 행간마다 숨은 뜻이 있다. 숨은그림 찾기는 몽땅 독자들 몫이다.

시원찮은 글을 번번이 책으로 묶어 준 눈빛출판사의 이규상 사장과 편집진들에게 고마움을 전한다.

2007년 6월

구활

바람에 부치는 편지

— 옛 선비의 풍류와 멋 —

구활 지음

눈빛

1.

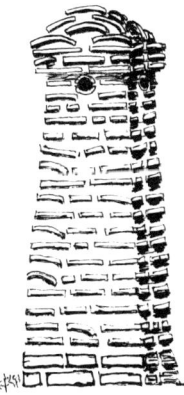

사발정 약수터에 나가

내 잠버릇은 좀 유별나다. 옆 사람이 잠을 설치도록 이를 갈거나 심한 잠꼬대를 하는 것은 아니다. 그렇다고 요란하게 몸부림을 치는 것은 더더욱 아니다. 그런데도 나와 한 방에서 잠을 자 본 이들은 나의 잠버릇을 알고는 웃곤 한다. 문제는 그러려니 하고 혼자만 알고 있으면 될 터인데 주위 사람들에게 살짝 소문을 낸다는 사실이다.

잠을 잘 때는 속옷을 입고 잔다. 파자마는 한 번도 입어 본 적이 없지만 러닝셔츠와 팬티 정도는 입는다. 그런데 자고 일어나면 분명 입고 잔 속옷들이 저절로 벗겨져 발밑에 처박혀 있다. 잠을 자고 있던 내가 그랬다고 할 수도 없고 그렇다고 내가 그러지 않았다고 할 수도 없는 아주 곤경한 처지에 이르고 만다.

여행을 함께 다니는 친구들이나 문화유산 답사를 같이하는 동침 도반(道伴)들은 내 버릇을 오래 전부터 알고 있었기에 크게 문제가 되지 않는다. 아내와 아이들도 마찬가지다. 이제는 모두 출가해 버린 아이들도 그들이 진짜 아이였을 적부터 아버지의 잠버릇을 익히 알고 있었기 때문에 더 이상 뉴스가 되지 못한다.

그러나 외지에서 한 방에 십여 명이 함께 자야 하는 몇 박 며칠의 세미나 또는 연찬회 같은 행사는 다소 곤곤(困困)스럽다. 지난해 여름, 통영에서 열린 어느 문학 세미나에 참가하기 위해 일박 이일 일정으로 출발하면서 "멜빵이라도 있으면 그걸 갖고 갔으면…" 하는 엉터리없는 생각을 한 적이 있다. 팬티에 멜빵을 걸고 "오늘 밤에는 제발 벗지 말자"고 다짐하는 내 모습을 상상하니 혼자 웃기가 아까울 정도였다.

발가벗고 자는 내 잠은 매우 유쾌하다. 거침이 없다. 덩달아 꿈도 무한 질주에 가까울 정도로 시원하고 찬란하게 꾼다. 내 꿈은 주로 캠퍼스를 맴돌 뿐 그곳을 벗어나는 일이 거의 없다. 그리고 꿈속의 나는 시험 시간표와 시험 범위를 잊어 먹어 학점을 곧잘 놓치는 농땡이 학생이지만 그것을 걱정하고 근심하지는 않는다.

요즘은 한 수 더 떠 실오라기 하나 걸치지 않고 모교 인문관 둔덕의 꽃시계 주변을 서성이는 꿈을 꾸고는 "이 나이에 무슨 주책인가" 싶어 약간 부끄럽기도 하지만 통쾌하기도 하다. 이런 꿈에서 깨어날 때는 항상 아랫도리가 허전하다. 멜빵이 무용이다.

알몸으로 부끄러운 꿈에서 깨어난 나는 주섬주섬 속옷을 찾아 입고 허방다리를 짚어 가며 서재로 건너간다. 부끄러움을 씻는 일은 나보다 더 부끄러운 일을 저지른 윗대 어른들의 글을 읽는 일이다. 수주 변영로의 『명정 사십 년』을 뽑아 든다.

"혜화동 우거(寓居)에서 지낼 때이었다"로 시작되는 「백주에 소를 타고」란 글은 나의 잠버릇이나 꿈속 허물은 정말 아무것도 아니다. 공초(오상순), 성제(이관구), 횡보(염상섭)를 비롯하여 필자인 수주까지 네 사람의 풍류객들이 사발정 약수터에서 대취하여 발가벗은 채 소를 타고 서울 시내로 진입하는 광경은 어느 전쟁 영화의 진군 장면보다 훨씬 더 멋지다.

이들의 멋은 주머니가 비어 있는 가난한 문인들이 당시 동아일보 편집국장인 고하 송진우에게 좋은 원고를 써 주기로 하고 오십 원이란 거금을 빌려 부자처럼 마셔 버린 데 있다. 멋이란 정도(正道)를 걷는 과정에선 절대로 빚어질 수 없는 괴물 같은 존재이다.

멋은 밭을 갈던 황소가 주인의 "이랴! 워디로"란 꾸짖음을 무시하고 풀을 뜯기 위해 다른 이랑으로 헛발을 내디딜 때 비로소 발생하는 아주 귀한 불건이다. 사발정 약수터로 나간 풍류객들이 두둑한 주머니를 헐어 대취 후에 소등타기 음주운행(?)을 했다면 무슨 멋이 있을 것인가. 멋은 사랑처럼 저지르는 자의 몫이기도 하고 또한 전유물이기도 하다.

어느 하룻밤 바커스(Bacchus)의 후예(後裔)들인지, 주도의 명인들이 내 방하였다. 딱한 노릇은 네 사람이 주머니를 다 털어도 불과 수삼 원, 그 때 수삼 원이면 보통 주객인 경우에는 삼, 사인이 해갈(解渴)함직 하였으나 그런 금액쯤은 유불여무(有不如無)였다. 아무리 하여도 시원한 책략이 없어 동네에서 모인 집 사동(使童) 하나를 불러다가 몇 자 적어 화동 납작 집에 있던 동아일보사로 보내었다. 보냈던 아이가 손에 답장을 들고 오는데 우리 4인의 시선은 약속이나 한 것 같이 한군데로 집중되었다. 봉투 모양만 보아도 빈 것은 아니었다. 그때만 해도 오십 원이면 대금이라 아무리 우리 넷이 술을 잘 먹는대도 선술집에 가서는 도저히 비진(費盡)시킬 수 없는 거액이었다.

오늘 밤에는 아예 팬티랑 러닝셔츠는 벗어 던져 버리고 잠에 들자. 그러면 고운 꿈이 나를 서울행 KTX 열차에 태워 사발정 약수터로 데려가 네 사람의 주선들을 만나게 해주겠지. 그러면 공초나 수주 중에 어느 누가 "잘 오시게나. 우린 여기 와서 벗었는데 자네는 미리 벗고 오셨네" 하고 말을 걸며 언치 놓은 소등에 나를 태워 술 좋고 안주 좋은 곳 어디론가 데려가시겠지.

그들의 몸짓이 수상하다

화담 서경덕(1489~1546)은 이 자리에 모시지 않으려 했다. 송도삼절(화담, 황진이, 박연폭포) 중의 백미인 황진이가 갖고 있는 귀한 무엇을 공짜로 주겠다며 제 발로 찾아왔는데도 끝내 받지 않았다니. 화담에게는 아예 풍류라는 게 없는 줄 알았다.

대신에 진이의 유혹에 넘어가지 않으려고 무진 애를 쓰다 결국 애욕의 늪에 풍덩! 빠지고 만 지족선사를 대타로 기용했다. 그리고 진이의 무덤을 찾아가 술 한 잔 올리며 시를 읊고 간 백호를 핀치히터로 등장시켜 '풍류 기행'의 황진이 편을 마무리 지으려 했다.

그런데 늦은 밤, 잠에서 깨어나 화담의 마음이 되어 진이를 생각해 보니 나이와 체면 때문에 가까이 다가서지 못한 애증의 그림자가 그렇게 짙고 절절할 수가 없었다. 그래서 글을 쓰지 않고는 불면의 밤을 이겨낼 수 없을 것 같아 저승이라는 먼 나라에 계시는 화담과 진이를 오시게 하여 푸닥거리 한판을 벌이기로 했다.

나는 근엄한 사람을 싫어하는 편이다. 시골 교회의 장로님 같이 고지식하거나 교감으로 승진하지 못한 고루한 초등학교 사학년 담임선생 같은 사람, 허우대는 멀쩡한데 별것 아닌 것을 끝까지 우기는 우리 동네 복덕방 영감. 화담도 그런 부류의 사람인 줄 알았다. 그러니까 노 브래지어 차림으로 찾아온 진이를 포옹 한 번이면 하늘이 몽롱해지는 에로스의 동산으로 인도하지 못했겠지.

화담과 진이의 사랑에 플라토닉 러브라는 화관을 씌워선 안 된다. 그들은 몸과 몸이 부딪쳐 불꽃을 튀기는 사랑에는 실패한 사람들이다. 에로스(eros)적으로 성공하지 못한 사랑을 그들의 명성에 눌려 플라토닉으로 치장한다는 것은 말이 되지 않는다. 플라토닉 러브란 사랑의 헛기침이며 우둔한 환상이며 형편이 어려운 사람이 지어낸 수사(修辭)다. 진짜 사랑은 쟁취하는 자만이 얻을 수 있는 붉은색 하늘 과일이며, 그 이름은 에로스다.

『화엄경』 행원품을 보면 "보시는 소유욕을 버리는 실천행으로 반드시 재물공양에는 법공양이 따라야 한다"라고 가르치고 있다. 그것은 "보시를 할 땐 마음만 주지 말고 물질까지 얹어 주라"는 말이다. 바꿔 말하면 "사랑을 할 때는 생각만으로 간음하지 말고 몸까지 던져라"는 바로 그 말씀이다. 정조는 입술과 젖가슴에 달려 있는 게 아니다.

마음이 어린 후니 하는 일이 다 어리다

만중운산(萬重雲山)에 어느 님 오리오마는

지는 잎 부는 바람에 행여 가 하노라.

— 화담

　진이의 생몰연대가 확실치 않아 헤아리기 어려워도 화담과의 나이 차이는 넉넉잡아 십오륙 년. 미모와 재능 그리고 학식까지 두루 갖춘 진이가 화담의 인품을 숭앙한 나머지 열 번 찍을 각오로 찾아온다. 이 시는 화담이 정인이 아닌 문하로 진이를 받아들인 다음 자꾸만 산란해져 가는 마음을 시조로 읊은 것이다.

　화담의 마음자리를 짚어 보기란 이 시조 한 수로 충분하다. "설월이 만창(滿窓)한데 바람아 부지 마라/ 예리성(신발 끄는 소리) 아닌 줄은 판연히 알건 마는/ 그립고 아쉬온 적이면 행여 긘가 하노라"는 무명 시인의 절규와 사뭇 닮아 있다. 화담의 '꿀 먹고 싶은 벙어리'의 내색 못하는 타는 목마름이 어떠했을지는 짐작하고도 남는다.

内 언제 무신(無信)하여 님을 언제 속였관대

월침삼경에 온 뜻이 전혀 없네

추풍에 지는 잎 소리야 낸들 어이 하리오.

　진이의 화답이다. 진이는 하마나 하고 기다렸지만 화담의 꼴난 체면은 '그집앞'을 오가며 서성이게 허락하지 않는다.

마음아 너는 어이 매양에 젊었는다
내 늙을 적이면 넨들 아니 늙을소냐
아마도 너 좇아 다니다가 남 우일가 하노라.

남의 웃음거리가 될 것을 두려워하는 화담의 안타까움이 시조라는 붉은 각혈덩이로 쏟아 놓는다. 세상에 이만치 슬픈 광경이 또 있을까. 일본 작가 에쿠니 가오리는 '세상에서 가장 슬픈 풍경은 비에 젖은 도쿄타워'라고 했지만 그건 화담의 통곡 앞에는 한 방울 눈물보다 못한 것이다.

에로스는 생의 본능이지만 타나토스(thanatos)는 죽음의 본능이다. 인간은 사랑을 찾아 생의 의욕을 다지는 에로스적인 면과 모든 것을 파괴하려는 타나토스적인 면을 동시에 지니고 있다. 이 모순은 서로 충돌할 것 같지만 그렇지 않다.

화담의 마음속에는 두 개의 서로 다른 에너지가 공존하면서 많은 갈등을 겪었겠지만 죽어서도 진이에 대한 사랑은 아마 포기하지 않았을 것이다. 그래서 나는 두 사람의 몸짓이 아직도 수상하다고 여기는 것이다.

학이 송로주 따라 주네

오늘은 책 한 권 달랑 들고 산으로 간다. 물론 숲속에서 지내는 한나절의 청량한 상쾌함에 보탬이 될 대구의 명주 '불로(不老)' 막걸리 한 병 꿰어 차고 산으로 간다. 정상과 능선 종주를 고집하며 좌우를 돌아보지 않고 걷기만 하는 산 친구들에게서 떨어져 나와 오늘은 그림자만 데리고 나 홀로 산으로 간다.

바람은 저 혼자일 때는 바람이 아니다. 구름을 밀고 가거나, 죽림의 댓잎을 건드리거나, 숲속에 의연하게 서 있는 소나무 사이를 지나갈 때 이는 소리의 움직임이 바람인 것이다. 나는 오늘 바람을 찾아 소나무 숲으로 간다. 그 숲속에는 잇저녁 책에서 만난 학이 나의 빈 술잔에 송로주 한 잔을 따라 줄지도 모른다. 하기야 학은 없어도 그만, 있다고 해도 제 볼일에 바빠 빈 잔을 본체만체해도 어쩔 수 없지만….

푸른 산 나 혼자서 벗을 찾아와서는
가을 안개 소매 털고 돌이끼에 앉았네
막걸리에 함께 취해 달빛 아래 잠드니
학 퍼득여 솔 이슬이 빈 술잔에 떨어지네.
— 박순의 「방조운백(訪曹雲伯)」 둘째 수

조선조 선조 때 재상을 지낸 박순(1523-1589)이 젊은 날 동인과
서인 사이의 알력이 심해지자 잠시 영평 백운산에 머문 적이 있다.
이때 이웃 백운산 자락에 살던 친구 조준룡의 초당을 찾아가 술도
마시고 시도 짓고 그리고 시국을 한탄하기도 한다.

이날 박순은 깊은 산 속에 살고 있는 친구를 찾아 허적허적 산길
을 오르니 이마에 묻은 산안개가 땀이 되어 옷소매를 적신다. 친구
는 그동안 정성스레 빚어 둔 산열매 술을 항아리째 들고 와 조롱박
잔을 띄워 둔다. 소나무 가지 사이로 배어든 달빛 기운이 술 속으로
빠져 들고 그 기운은 마신 사람에게로 옮겨져 마침내 시인의 얼굴
은 붉은 달빛을 잉태하게 된다.

술은 처음엔 술 맛으로 먹다가, 다음엔 친구 맛으로 먹고 그리고
그 다음엔 작부 맛으로 마신다. 그러다가 술이 술을 마시게 되고 나
중에는 술이 사람까지 먹게 된다. 술 마시는 흥취가 짙어지면 웬만
한 술항아리는 바닥 긁는 소리가 들리기 마련. 친구 찾아 숲이라는
이름의 푸른 낙원 속으로 들어간 박순도 일찍 술이 떨어져 여러 번

빈 독 긁는 소리를 냈나 보다.

소나무 둥지에서 잠을 청하던 학이 지조 곧은 선비의 술 떨어진 절실한 뜻을 얼른 알아차린다. 학이 날갯짓하며 박차고 일어나니 산안개가 빚어놓은 솔잎에 맺혀 있던 이슬이 후드득하며 빈 술잔 속으로 떨어진다. 신선들이 마신다는 송로주는 이렇게 학이 따라 주는구나.

나는 평생을 살아오면서 술이 떨어져 처량해진 경우를 당한 적이 한두 번 아니다. 대학 일학년 여름인가. 친구 넷이 모여 호주머니를 다 뒤져 봐도 돈은 백 원밖에 없었다. 당시 염매시장 돼지국물집 막걸리 한 잔 값이 십 원이었던 시절이다.

우린 백 원을 내고 막걸리 열두 잔을 마시기로 흥정한 후 한 사람이 석 잔씩 마셨다. 혼자서 두 되는 마셔야 겨우 술 트림이 날 주량들이라 낱잔 몇 잔으론 턱없이 부족했지만 다른 도리가 없었다. 안주는 소금을 친 돼지국물뿐이었다.

썰다 남은 돼지고기 몇 '모타리'라도 국물 속에 넣어 주면 우린 주인의 고맙고 이쁜 손을 향해 "한 이백 년 정도 사시라"고 축원해 줄 수 있었는데… 그 주인은 모르긴 해도 틀림없이 축원이 얹어주는 장수는 누리지 못하고 일찍 죽었을 것이다.

실제로 황희 정승은 궁중에서 도둑질해 온 금잔을 제자리로 돌려 주고 훔친 자의 목숨을 보전케 해준 음덕으로 20년을 더 살았다.

또 조선조 명종 때 상진 정승도 궁중의 수라간에서 금 밥그릇을 훔치다 들킨 별감에게 장물을 제자리에 갖다 두도록 하여 사형을 면하게 한 음덕을 베풀어 수명보다 15년을 더 살았다는 기록이 있다.

어느 해 겨울, 팔공산 등반을 하다가 유리병째로 들고 가던 '백화수복'이란 청주병을 계곡 물속에서 깨뜨린 적이 있다. 그러자 몇몇 친구들은 얼른 물속으로 뛰어들어 청주가 흘러가고 있는 계류수를 벌컥벌컥 마셨는데 알코올 기운은 1퍼센트도 되지 않았다.

그날따라 안주는 벼르고 벼른 끝에 장만한 간 천엽과 어묵 등이었는데 술 없이 먹는 음식은 정말 맛이 없었다. 그때 이 시를 알았더라면 소나무 위의 학에게 부탁해서라도 송로주 한 잔을 얻어 마셨을 텐데…

술꾼은 모름지기 취해서 잔 깔딱 잠에서 깨어나면 바로 집으로 돌아갈 일이다. 술 마신 집이 '타워 팰리스'의 평수 넓은 아파트나 고대광실 높은 한옥이라 해도 더 머물려고 쭈뼛거리지 말고 자신의 누옥으로 돌아가야 한다.

박순도 친구의 초당 앞 이긴 바위 옆에 차려 둔 술상 옆에서 깜빡하고 잠이 들었나 보다. 아무리 둘러봐도 숲이 구름에 가린 선경일 뿐 여기가 어딘지 짐작하지 못한다.

친구도 접대하면서 마신 술이 과했는지 바위에 등을 기대고 졸고 있다. "친구야, 잘 먹고 가네. 깨우지 않고 그냥 가네." 박순은

설핏설핏 구름 속에서 얼굴을 내미는 기운 달과 함께 아까 땀 훔치며 오르던 길을 더듬거리며 내려간다.

술기운을 지팡이에 의지하니 한결 걷기가 편하다. 지팡이 끝에 박아 둔 징이 길 위의 돌을 치니 숲의 적막이 깨어진다. 술 떨어질 때 송로주를 따라 주던 둥지 속의 학이 지팡이 소리에 놀라 부스스 일어나 새벽을 연다.

선가에서 취해 자다 깨고 보니 멍한데
흰 구름 골을 깔고 달도 잠겨 있는 때
서둘러 숲 밖으로 홀로 나서려는데
돌길의 지팡이 소리 자던 새가 알았네.
　—박순의 「방조운백」 첫째 수

들고 간 시집 한 권 다 읽고 얼음같이 찬 계곡 물에 담가 뒀던 막걸리병을 몇 번째 거꾸로 들고 쳐다본다. 이곳 소나무 숲속에 살고 있는 학은 끝내 송로주 한 잔 따라 주지 않는다. 천년을 산다는 학도 이렇게 조심(鳥心)이 야박한 걸 보니 돼지국물 집 주인 여자처럼 오래 살지 않으려고 작정했나 보네.

너를 만나 깨달음을 얻었노라

"내, 너를 만나 깨달음을 얻었노라. 황진아, 너는 나의 경전이며 염불이다. 너는 내가 찾고 있던 부처의 산 모습이다."

송도 기생 황진이가 주인공으로 나오는 이야기 속에 조연으로 등장하여 항상 피탈 칠만 당하는 지족선사의 속마음을 헤아려 본 이는 과연 몇 사람이나 될까. 지족선사는 면벽 가부좌하고 견성성불하기를 기다려 온 삼십 년 참선 세월을 황진이를 만난 하룻밤 파계로 야사(野史) 속에서 영영 구제받을 수 없는 패륜 승려로 머물러 있다.

지족선사는 당시 화담 서경덕과는 쌍벽을 이루는 학식과 지혜가 뛰어난 승려로 누구에게나 우러름을 받아 온 유명인사였다. 그는 선승으로 기거하고 있는 지족암을 한 발자국도 벗어나지 않았으며 '무(無)' 자와 같은 풀리지 않는 화두 하나를 들고 용맹정진하고 있었다.

그는 누구의 꼬드김이나 유혹에 쉽게 넘어갔다가 입 닦고 돌아

앉아 아무 일 없었던 것처럼 시치미 뗄 그런 위인은 아니다. 그의 앞에 일어날 사악한 일은 시초부터 경계했으며 특히 여자 중생은 선에 방해될까봐 주위에서 얼씬거리는 것조차 싫어했다.

그런 어느 날 서화담에게 접근하다 실패한 황진이가 지족선사를 다음 목표로 겨냥하고 다가왔다. 황진이는 선사의 제자가 되어 수도하기를 청했다. 그러나 지족선사는 일언지하에 거절했다. 이때까지만 해도 지족선사는 숭앙받는 승려로 남아 있었다.

가만히 있을 황진이가 아니었다. 며칠 후 소복단장에 청춘과부의 복색을 하고 지족선사 바로 옆방에 침소를 정한 후 죽은 남편을 위한 백일기도에 들어간다는 소문을 냈다. 그녀는 야심한 밤에 손수 지은 축원문을 울음 섞인 나긋나긋한 음성으로 읽으니 그 목소리가 하도 맑고 청아하여 법당에 앉아 있는 부처님조차 항마촉지인을 풀고 귓가에 손을 갖다 댈 정도였다.

지족선사도 승려 이전에 남자였다. 황진이가 암자에 들어온 후에는 염불이 제대로 되지 않았다. 생각 속에는 마귀 떼가 득실거려 가부좌한 두 다리가 후들거려 참선이 제대로 될 리 없었다. 그동안 갈고 닦아 온 마음 거울은 하루아침에 황진이의 요염기로 가득 찼고, 그녀를 갖고 싶은 욕망은 하늘을 찌르고도 남았다.

지족선사는 참으로 인간적인 사람이다. 그가 "여자를 보고 음욕을 품는 자마다 마음에 이미 간음하였느니라"라는 마태복음 5장

28절의 말씀을 그땐 『성경』이 없어 읽지는 못했겠지만 생각만큼은 그 언저리에 도달하지 않았을까. 그래서 선사는 마음으로 간음하느니 차라리 실행에 옮겨 욕을 먹으면 먹고, 역사에 죄인이 되면 되는 이판사판의 길을 택한 것은 혹시 아니었을까. 따지고 보면 그것이 얼마나 인간적인가. 무슨 일이 터질 때마다 거짓말하고 오리발 내미는 우리나라 정치인들보다는 백배 천배 양심적이다.

지족선사는 파계한 후 제 발로 지족암을 내려와 야인의 길을 걸었다. 그는 황진이를 범한 오입쟁이가 아니라 한 시대의 풍류객이다. 난봉꾼은 여러 여자를 건드리지만 진짜 풍류객은 단 한 사람을 위해 자신의 생명과 명예를 던진다. 지족선사는 그런 사람이다.

무릇 사람이나 역사에는 운명이라는 게 있어서 자칫 잘못하면 흥과 망이란 갈림길에서 단숨에 진로가 바뀌기도 한다. 예수에게 사탄이 찾아와 "교회 첨탑에서 뛰어내려 보라"고 유혹한 것과 선사 앞에 황진이가 찾아와 제자가 되어 수도하기를 청한 것을 같은 맥락으로 보아야 한다.

사실 성불이나 해탈은 맨 몸으로 절벽에서 뛰어내리거나 쇠망치로 뒤통수를 호되게 얻어맞아 영혼이 혼미해지는 지독한 과정을 겪은 후라야 그 경지에 이를 수 있다. 그것을 겪고 나면 해탈도 별게 아니다. 내가 부처의 몸으로 들어가는 것이며 부처가 내 몸 속으로 밀고 들어오는 것이다. 황진이의 살 속에 선사의 살이 박히는 그 순간에 해탈은 시작되고 완료된다.

고뇌 또한 별것 아니다. 해탈하기 전의 근심거리이지 해탈 후엔 번뇌란 단어 자체가 무의미하다. 해탈은 대자유의 무한 바다일 뿐 다른 아무것도 아니다. 신라 승려 원효는 의상과 함께 당나라로 향하다가 해골 바가지에 들어 있는 빗물 한 모금을 마시고 느낀 게 있어 그 길로 신라로 돌아온 적이 있다. 그는 허리춤에 조롱박을 차고 뛰고 춤추며 서라벌 장안을 돌아다닌 것은 해탈의 무한 바다에서 자유스런 유영을 즐긴 것에 다름 아니다.

지족선사도 파계하기 전에는 경전과 불법에 얽매여 있던 작은 암자의 '늘푼수' 없는 땡초에 불과했다. 그는 황진이를 만나 해탈했고 진짜 부처가 되었다. 한 여인을 만나 모든 것을 던진 영원한 풍류객 지족선사가 한없이 그립고 부럽다.

청 댓잎에/ 소슬바람 불면/ 너에게 편지하마/ 그리움 묻어나는/ 흑백 사진 머리맡에/ 청자 빛 하늘 닮은 사연/ 솔솔 풀어 보내마/ 풀빛만한 사연들로/ 하얀 등불 익어 가면/ 떨어진 꽃잎 사이로/ 출렁이는 네 목소리/ 너 또한/ 이 밤을 밝혀 딜러오고 있는가/ 세상은 씀바귀 맛/ 아직도 낯선 강물/ 문득 다가서는/ 네 모습이 눈물겨워/ 긴긴 날 부치지 못한 편지/ 이 가을엔 보내마.

— 조근호의 시 「가을 편지」

산에서 길을 잃어버리고 싶어

"숲속에 숨어 있는 절을 그려 보게." 화동들은 스승이 시키는 대로 숨바꼭질하듯 꽁꽁 숨어 있는 산사를 그리는 데 온 정신을 집중하고 있다. 어떤 아이는 솔숲에 가려 보일락 말락 하는 절간 처마를 그린다. 또 어떤 화동은 소나무 둥치 뒤에 서 있는 석탑을 그리면서 연신 흐르는 콧물을 옷소매로 훔치고 있다.

스승이 아이들 사이를 한 바퀴 휙 둘러본다. 마음에 드는 그림이 없나 보다. 덤덤한 표정이다. 그런데 아까부터 무리에서 벗어나 산속 옹달샘을 보며 부지런히 스케치하는 소년이 보인다. 스승은 손짓으로 그를 불러 그린 그림을 펴 보라고 한다. 수줍은 듯 혹은 자신이 없는 듯 겨우 펼쳐 보이는 그림 속에는 동자승이 물동이를 지고 산속으로 걸어가고 있다.

스승은 무릎을 탁! 쳤다. 오늘 화동들에게 가르치고자 했던 '보이지 않는 곳의 보임'이 화폭 속에 가득 담겨져 있지 않은가. 스승은 소년이 그린 '숨어 있는 절' 그림을 아이들 앞에 아무 설명 없이 보여주는 것으로 하루의 사생 수업을 마친다.

'숨어 있는 절'을 솔숲에 가려 보일락 말락 하는 처마 끝으로 표현한다면 그것은 이미 드러난 절이지 더 이상 숨어 있는 것이 아니다. 이러한 '보이지 않는 곳의 보임'이 미술에선 여백으로, 문학에선 상징과 은유로, 영화에선 짠한 그리움만 남는 라스트 신으로 나타나곤 한다. 그리고 일상 속에서의 풍류 또한 그림 속의 동자승처럼 숨어 있는 절간은 보여주지 않은 채 그렇게 은근하게 존재해야지 진짜 풍류가 아닐까.

> 약초를 캐다가 문득 길을 잃었네
> 온 산봉우리가 단풍으로 물들고
> 산승은 물을 길어 돌아가네
> 숲 끝에서는 차 달이는 연기가 피어오르네.
> ― 이이의 시 「산중」

아침에 이 시를 읽다가 정말 문득 '숨어 있는 절' 이야기를 기억해 내고 내 나름의 견해를 붙여 보았다. 율곡이 쓴 이 시에도 가을 속의 스님만 보이지 절간은 어디에도 보이지 않는다. 시 속에 산사란 낱말이 없다고 해서 절이 없는 것인가. 아니다. 절간은 차 달이는 연기의 현장에 있고, 물을 길어 가는 산승이 도달하는 곳에 아담한 암자로 분명 존재하고 있다.

여러 해 전 경산에서 열차사고가 난 적이 있다. 그해 한국기자협회 보도사진전에 '경산 열차사고' 사진이 금상을 받았다. 그런데 열차사고의 현장 사진인데도 열차는 보이지 않았다. 고무신 한 짝이 벗겨진 아낙네가 피 흘리는 어린아이를 안고 대성통곡하는 사진이었다. 그렇다. 변죽을 울려 복판을 설명하는 멋, 그런 멋이 바로 풍류이자 '숨어 있는 절'을 찾아가는 미로 찾기의 묘미가 아니겠는가.

> 가을 구름은 아득히 떠가고 사방 산은 텅 비어 있으니
> 낙엽은 소리 없이 땅에 가득히 쌓여 붉게 물들었네
> 말을 시냇가에 세우고서 돌아가는 길을 물으니
> 미처 몰랐구나 이 몸이 한 폭 그림 속에 있는 줄을.
> ― 정도전의 시 「김거사 은거처를 찾아」

조선조 초기의 학자이자 정치가인 정도전이 쓴 아름다운 시다. 그는 구름 속으로 걸음을 옮기는 스님에게 "저 중아 게 있거라 너 가는 데 물어보자"는 식으로 대하지 않는다. 도리어 "저 중아 내가 돌아가야 할 길이 어디냐"고 산승에게 묻는다. 그러나 스님은 대답할 턱이 없다. 다만 막대로 흰 구름만 가리킬 뿐이다.

시인은 바로 그때 깨닫는다. 해탈이 별게 아니다. '미처 몰랐구나, 이 몸이 한 폭 그림 속에 있는 것을" 잘못을 느끼는 순간이 모든 속박에서 풀려나는 때이다. 물아(物我)일체의 경지. 그리고 시

인은 한 폭 그림 속에 갇힌 신선이 된다. 멋스러움도 이쯤 돼야 풍류를 논할 자격이 있을 것 같다.

　가을 산이 붉은 스카프를 두르고 아래로 아래로 달려 내려오고 있다. 낮은 산들은 이젠 내려와 안겨도 좋다는 듯 노란 단추를 있는 대로 다 풀어 제치고 두 팔 벌리고 서 있다. 요즘처럼 졸물 같은 세상, 모든 것 다 뿌리치고 가을 산에 들어가 길을 잃어버리고 싶다. 산승도 만날 수 없는 그런 깊은 산중에 들어가서.

소리에 관한 명상

겨울이 끝날 무렵 봄 오는 소리가 듣고 싶어 산으로 간 적이 있다. 봄은 들판을 가로질러 달려올 것 같지만 사실은 그렇지 않다. 봄은 계곡에 얼어붙어 있는 얼음장 밑에서 똑 똑 똑! 하고 떨어지는 물방울 소리에서 출발한다. 그 물방울 소리가 더욱 세차게 들릴 즈음이면 겨울을 이겨낸 나무들이 푸른 기운을 앞세워 몸을 떨며 일어선다. 흰눈을 덮어쓴 채 단단하게 굳어 있던 들판의 흙들도 푸석푸석 기지개를 켜기 시작하면 땅 속에서 겨울을 이겨낸 미물들이 밭갈이를 시작한다. 봄은 땅의 창세기인 셈이다.

태초의 천지창조도 소리와 빛으로 시작되었다. 『구약성서』 창세기를 보면 "하나님이 가라사대 빛이 있으라 하시매 빛이 있었고"라고 기록되어 있다. 여기에서 "빛이 있으라 하시매"란 말은 하나님의 음성 즉 소리가 빛을 불러온 것이다. 그러니까 이 세상에는 빛이 먼저 온 것이 아니라 소리가 앞서 달려와 빛과 어둠을 가르고 낮과 밤을 정한 것이리라.

이렇게 소리로 불러온 빛이 '하나님 보시기에 좋았던' 것처럼 계곡의 너럭바위 위에 걸터앉아 얼음장 밑에서 가늘게 들리는 물방울 떨어지는 소리는 곧 봄의 환희를 예고하는 것 같아 정말 듣기에 좋았다. 그래서 지난 늦겨울 봄을 시샘하는 동장군이 "못 떠나겠다"라며 앙탈을 부리는 얼음 계곡을 찾아가 몇 시간씩 머문 적도 있다. 똑 똑 똑! 귀에 도수 높은 돋보기를 끼고 천지를 만드신 하나님처럼 흐뭇한 표정을 지으며 봄이 오는 소리를 들었다.

얼음장 밑 물방울 소리에 매료된 후 나도 모르게 소리에 집착하는 편집증에 사로잡힌 것 같다. 비단 물소리뿐 아니라 새소리, 빗소리, 바람소리 등 어느 하나의 소리에 깊이 천착하면 다른 소리는 아예 들리지 않는다. 귀가 소리를 따라가다 보면 소리는 소리끼리 서로 고리 지워져 있음을 알게 된다.

소리와 소리를 엮고 있는 고리를 놓치지 않고 마지막까지 들어가면 이윽고 태초의 하나님 음성이 들리기도 하고 부처님 말씀이 들리기도 한다. 불교에서도 태초의 부처님을 위음왕불(威音王佛)이라 부른다. 이 말은 태초를 의미하는 공겁(空劫) 때 맨 처음 성불한 부처님을 이르는 것으로 달리 해석하면 '태초에 소리가 있었다'라는 말이 된다.

문화유산 답사중 속리산 법주사에서 두웅 두웅 둥!하고 울려오는 저녁 범종 소리를 들으면서 흐르는 눈물을 주체하지 못하는 동료를 본 적이 있다. "종소리를 듣고 왜 눈물을 흘리느냐"고 물어보진 못했지만 아마 그녀는 종소리를 단순한 음이나 '도레미파' 같은 음계로 듣지 않고 순간적으로 울려오는 종소리의 끈을 잡고 시원(始原)을 향해 달려갔을 것이다. 다시 말하면 선승이 화두 하나를 잡고 수행에 몰입하듯 '종소리가 일어나는 곳이 어디인가'를 찾아 헤매다 결국 자기 존재로 돌아온 자신을 발견하고 눈물을 흘렸으리라.

인간 존재란 것은 선과 악 그리고 기쁨과 슬픔이 범벅이 되어 있는 묘한 것이지만 저녁 종소리를 통해 의식이 존재와 만날 수 있다는 것은 분명 자기 성찰의 좋은 계기가 되는 셈이다. 종소리가 고해성사 없이 심성에 끼어 있는 때를 씻어 주는 샘물이 되기도 하고 영혼을 맑게 해주는 신령한 힘을 지녔다면 우리는 해질녘에 종소리를 들을 일이다.

소리를 듣는다는 것은 청음(聽音)이다. 청음은 귀를 기울이면 아무나 들을 수 있다. 그러면 득음(得音)은 무엇인가. 폭포 밑에서 목에 피를 올려가며 소리를 지르는 소리꾼들은 득음의 경지에 이르기 위해 그런 고행을 하고 있다. 득음은 폭포소리를 자신의 목소리로 제압하여 얻는 것이 아니라 오로지 자신의 소리만을 듣기 위한 특별한 노력이다. 뉴스 리포터가 잡소리를 제거한 자신의 소리를 듣기 위해 귀에 이어폰을 끼는 것과 같은 이치다.

소리에 집중하면 관음(觀音) 즉 소리를 보게 된다. 관음보살의 수행 방법이기도 한 관음은 소리 삼매에 빠져야 겨우 이를 수 있는 아주 차원 높은 경지다. 앞서 말했지만 이 관음 수행은 두 눈에 아주 예민한 보청기를 끼우든지 귀에 두꺼운 돋보기를 끼워도 보일락 말락 하는 그런 단계를 말한다. 관음으로 가기 위해선 우선 소리를 열심히 들어야 한다. 범음(梵音), 묘음(妙音), 해조음(海潮音)을 거쳐야 관음에 도달할 수 있다.

해조음은 파도소리다. 우리나라 이름난 관음도량이 바닷가 절벽에 위치하고 있는 까닭은 해조음을 듣기 위해서다. 해조음의 명소로는 동해 홍련암, 남해 보리암, 여수 향일암, 강화 보문사 등을 손꼽을 수 있다. 꿈속에서도 해조음만 들려야 삼매에 든 것으로 간주된다니 꼭짓점에 이르려면 고행은 필수로 겪어야 하나 보다.

소리가 거문고에 있다 하면은
갑 속에 놓았을 젠 왜 울지 않나
소리가 손가락 끝에 있다고 하면
그대 손가락 위에선 왜 안 들리나.
— 소동파의 시

소리를 듣다 보면 '있음(有)'을 알게 된다. 그 '있음'이란 결국 자신의 존재이고 그 존재는 곧 내면의 진심이다. 소리를 본다는 것은 바로 자신의 진심을 본다는 말이다. 그러니까 법주사의 저녁 종소리도, 얼음장 밑에서 떨어지는 물소리도, 단순한 소리가 아니라 마음속 진심의 외침인 것을. 소리듣기를 잠시도 게을리해선 안 되겠네.

탁한 술잔엔 달이 빠지질 않아

옥류수가 흐르는 물가에 머리칼이 하얗게 센 노인이 앉아 있다. 편안한 책상다리를 하고 연신 허리를 굽혔다 펴기를 반복하고 있다. 간혹하늘의 달을 쳐다보기도 하고 손 안에 든 무엇을 궁금한 듯 들여다보기도 한다. 가만히 보니 무릎 앞에 놓인 큰 사발에 담긴 막걸리를 작은 소주잔으로 마시고 술이 비면 그 잔으로 계곡의 물을 채워 넣는다. 그리고는 잔에 빠져 있는 달을 보며 혼자 즐거워하고 있다.

술병(酒病)이 들어 몸을 추스르고자 산골 동네로 요양을 온 청년시인이 이 광경을 보게 된다. 시인은 달 밝은 밤의 정취가 공연한객기로 발동하자 자리를 박차고 일어나 마을 앞 냇가로 달려 나온것이다. 시인은 산비탈을 달려 내려오던 바람이 어느 청솔가지에걸려 숨고르기를 하고 있는지 그런 것이나 한 번 살펴보려 했는데뜻밖에 술잔에 빠진 달을 데리고 놀고 있는 노인을 만난 것이다. 그러고 보니 노인은 소월(笑月)과 농월(弄月)의 달인이다.

"야밤에 웬일이오. 이왕 나왔으니 한 잔 하시오." 노인은 백발만 성성했지 얼굴은 동안이었다. 그림에서 보는 신선의 얼굴이었다. "할아버지 막걸리를 소주잔으로 마시다니요." 시인의 말은 들은 체 만 체했다. "달은 밝은데 술이 탁해서 잔에 잘 빠지질 않아…." 노인은 흐린 잔 속으로 빠지지 않으려고 안간힘을 쓰는 달과 샅바도 매지 않고 씨름을 하고 있는 중이었다. "달이나 한 번 쳐다보고 한 잔 드시오." 그러고 보니 노인 앞에는 맹물이나 다름없는 막걸리 사발과 소주잔뿐 안주는 보이지 않았다. 노인은 달을 벗 삼아 계곡 아래로 내려 빠지는 바람을 안주로 마시고 있었다.

시인은 노인이 건네 준 소주잔의 맹물 막걸리를 단숨에 마셔 버렸다. 그러곤 일부러 "카…" 하고 독한 소주를 마신 후의 뒷소리를 냈다. "허. 취할려구, 너무 급하게 마시는구먼. 술은 쪼개 마셔야지." 노인은 시인이 마셔 버린 빈 잔을 받아 물을 떠 막걸리 사발에 다시 채웠다. 달빛에 젖어 더 이상 젖을 게 없는 계류수는 사발에 부어지자 술이 되었다.

"할아버지 막걸리에 물을 태우면 그게 술입니까 물입니까?" "그거야 생각하기 나름이지. 나는 술을 마시고 젊은이는 물을 마신 게지." 노인의 그 말을 듣는 순간 시인의 얼굴에도 갑자기 취기가 올라 달마저 취해 옆으로 기우는 새벽녘까지 독한 맹물 막걸리를 여러 사발 마셨다. 시인의 술병은 이날밤 노인과 달이 처방해 준

맹물 막걸리로 깨끗하게 치유됐다.

막걸리 병 기울이면/ 쏟아지는 눈발 속 허연 양은 주전자/ 찌들 대로 찌
든 삶의 껍질 벗어 놓고/ 가출한 어머니의 하얀 고무신/ 비린내 나는 남
루와/ 그 겨울을 휘몰아 가던 바람/ 비루먹은 유년의 기억 속/ 늘 비틀
걸음 아버지/ 술주정보다 더 혹독했던/ 해소기침 소리….
— 손계정의 「막걸리 단상」 중에서

어느 시인으로부터 전해 들은 이 이야기가 술꾼들의 풍류담 중
에 최고 고수의 경지가 아닌가 싶다. 적벽강에 배를 띄우고 초대한
손님 두 사람과 새벽이 오도록 술을 마신 소동파도, 말과 노래 주고
받을 친구가 없어 잔 들어 외로운 그림자에게 술을 권한 도연명도,
'송주시'를 읊은 두보도, '황금 술잔 빈 채로 달 앞에 놓지 말
라'며 '장진주'를 노래한 이백도 산골짝 물가에 앉아 달을 불러
맹물 막걸리를 마시며 새벽을 깨우던 이름 모를 노인보다는 모두
한 수 아래인 하수들이다.

다만 가나의 혼인 잔칫집에서 물로 포도주를 만든 예수 그리스
도는 이 노인보다는 몇 수 앞서는 상수이긴 하나 그건 종교적 차원
에서 이뤄진 기적이지 풍류적 행위가 아니기 때문에 여기에서 비교
하여 논할 대상은 아닌 듯하다.

우리 역사 속에도 술이라면 사족을 못 썼던 모주꾼들이 더러 있
다. 문도공 윤희와 집현전 학사 남수문은 임금이 아낄 정도로 문장

에 능했다. 술과 글이 서로 따라다님은 예나 지금이나 서로 다르지 않다. 두 사람은 술이 지나쳐 자주 실수를 저질렀다. 세종은 그들의 재주를 아껴 술을 마실 경우엔 석 잔을 넘지 못하도록 엄명을 내렸다. 그 뒤부터 둘은 엄청나게 큰 술잔을 만들어 품에 품고 다니다가 주회가 있을 때마다 딱 석 잔씩만 마셨다. 그래도 대취하기는 마찬가지였다.

문안공 이사철은 젊은 시절 벗들과 얼려 삼각산으로 봄놀이를 갔다. 모두가 술 한 병씩을 들고 왔는데 막상 잔을 갖고 온 이가 없었다. 문안공이 두루 살펴보니 권지라는 이가 말가죽 신발을 신고 있었다. 그 신을 잔으로 삼아 자신이 먼저 마시고 돌아가며 마시며 웃고 즐겼다. 훗날 문안공이 권지에게 "황금 잔으로 마시는 술맛보다 그날 산놀이 때 마신 말가죽 잔 맛이 훨씬 낫네 그려"라고 말했다고 한다.

흐린 술잔에 빠지지 않는 달 이야기를 하다 보니 출출하여 목젖이 덜컥 내려앉는다. 창밖을 내다보니 어스름께, 석양주 한 잔 마실 딱 좋은 시간이다. 중국 진나라 때 시인이자 대자유인인 유령(劉伶)의 시 「주덕송(酒德頌)」 한 수 읽고 동네 목로주점으로 슬슬 나가봐야겠네. 참소주에 냉수 타 마시는 우리 동네 이씨 노인이 나왔을라나 모르겠네.

대인 선생이란 사람이 있었으니/ 일정한 거처가 없었으며/ 하늘을 천

막으로 삼고/ 머물러 있을 때는/ 크고 작은 술잔을 잡고/ 오직 술에만
힘을 쓰니/ 어찌 그 나머지를 알겠는가/ 초야에 묻혀 사는 선비들이/
나의 소문을 듣고/ 그러한 까닭을 따진다/ 그러나 선생은/ 술통을 들고
술을 마신 후 누룩을 베개 삼아/ 자리 잡아 누우니/ 생각도 없고 걱정
도 없고/ 그 즐거움이 도도하다.

에로스의 문턱을 넘지 못하고

옛날 과거를 보기 위해 길 떠난 선비가 주막을 지나쳐 어둠을 만났다. 인가를 찾아야 한 술 밥과 잠자리를 구할 터인데 난감했다. 문경세재를 지나 충청도 어느 첩첩산골쯤이었다. 사위는 조용한데 저 멀리 보일락말락하는 희미한 불빛을 발견했다. 선비는 체면 불구하고 문을 두드렸다.

문을 따 주는 주인은 눈가에 짙은 우수가 서려 있는 젊은 여인이었다. 선비는 자신의 처지를 이야기하고 하룻밤 묵어 가게 해달라고 간청했다. 그런데 문제는 부엌도 제대로 없는 단칸방이었다. 그렇지만 선비의 고단하고 허기진 행색을 외면하기에는 사정이 너무 급박했다. '남녀유별'이니 '남녀칠세부동석'이니 그런 말들은 어려운 형편 앞에선 한갓 사치스런 수사(修辭)일 뿐이었다.

여인은 별 반찬 없는 밥을 지어 선비에게 대접했다. 그런 연후에 비좁은 방에 이부자리를 깔고 잠자리에 들게 했다. 그러면서 여인은 이부자리 사이를 손으로 금을 그으며 "만약 정욕을 품고 이 선을 넘으면 선비께서는 짐승이 되는 것입니다"라고 말했다. 선비는 재워 주고 먹여 주는 것만으로도 감지덕지한 일이어서 '짐승이 한 번 되어 볼까'란 아름다운 환상을 접어 버리고 말았다.

여인과 선비는 호롱불을 끄고 누웠다. 그런데 이상한 것은 온종일 걸어온 피로가 수면에 방해만 될 뿐 잠이 오지 않았다. 여인도 마찬가지였다. 하마나 짐승으로 둔갑하여 가랑이 사이의 요술방망이를 들고 나오는 무슨 낌새가 있을 법한데 선비는 짐승 되기를 포기하는 것 같았다. 눈 감고도 잠을 자지 못하는 밤샘은 차라리 형벌이었다.

동이 틀 무렵 여인은 몸부림을 치며 한 쪽 다리를 선비의 다리 위에 걸치는 마지막 신호를 보냈다. 그래도 선비는 꼼짝하지 않고 누워 있었다. 여인은 비녀를 찾아 꽂으면서 "아이구 짐승만도 못한 것, 차라리 짐승이 낫지" 하고 중얼거렸다. 선비는 아침밥도 제대로 얻어먹지 못하고 쫓겨났다. 그러면 그 선비가 과거에 합격이 됐을까. 천만에, 그런 싸가지 없는 선비가 벼슬을 하면 우리나라처럼 나라가 안 되는 법이지.

율곡 이이의 풍류 우화를 읽다가 문득 옛 우스개가 생각나 기억을 더듬어 적어 보았다. 율곡이 황주 기생 유지(柳枝)를 만나 "마음에 두긴 했으나 몸을 가까이 하지 않았다"고 실토한 기록을 보니 에로스의 문턱을 넘지 못한 두 사람의 타는 목마름이 안타깝기 짝이 없었다. 차라리 늑대 같은 짐승이 될 일이지 선비와 여인처럼 '짐승만도 못한 것'이 되면 따르는 후학들의 가슴에도 안타까운 멍이 새겨진다는 것을 그들은 왜 알지 못했을까.

한국 불교 선종의 중흥조인 경허(1849~1912)선사는 『혼불』을 쓰고 죽은 최명희처럼 '혼'으로 살다 간 선지식이다. 그가 충남 서산의 천장암에 머물고 있을 때 온몸이 피고름 투성이인 미친 여인이 암자로 찾아왔다. 밥 짓는 공양간 보살까지 여인을 끌어내려 했지만 선사는 자신의 선방으로 불러들여 열흘 동안 한 이불에 자면서 함께 몸을 섞는 고행을 통해 그녀의 정신병을 고쳐 주었다.

오천 원짜리 지폐에 얼굴이 새겨져 있는 율곡의 처사와 십 원짜리 동전에도 얼굴이 없는 경허를 비교해 보면 누가 옳은 일을 한 것일까. 분별없는 섹스가 때로는 모럴 해저드에 빠지는 경우가 더러 있긴 하지만 이런 경우엔 중생을 늪에서 건져내는 보시 중에 보시가 아닐까.

유지는 선비의 딸이다. 신분이 몰락하여 황주 기생으로 있었다. 내가 황해도 감사로 갔을 적에 어린 기녀로 수종을 들었다. 날씬한 몸매에 얼굴은 맑았고 두뇌는 영리했다. 내가 그녀의 자태와 재능을 가련하게 여겼다. 그러나 처음부터 정욕의 뜻을 품은 것은 아니다. 그 뒤 내가 원접사(중국 사신을 맞는 벼슬)가 되어 평안도로 오고갈 적에도 유지는 언제나 안방에 있었지만 하룻밤도 몸을 가까이 하지는 않았다. 계미년 (1583 율곡의 나이 48세) 가을 내가 해주에서 황주로 누님을 뵈러 갈 때에도 유지를 데리고 여러 날 술잔을 함께 들었다. 해주로 돌아올 때에 그녀는 조용한 절까지 나를 따라왔다. 그리고 이별하였는데 내가 밤고지(황해도 재령) 강촌에 묵게 되었는데 밤에 어떤 이가 문을 두들겨 나가 보니 유지였다. 불을 밝히고 이야기를 나눴다. 아! 기생이란 다만 뜨내기 사내들의 정을 사랑하는 것이거늘 이렇게 도의를 사랑하는 자가 있을 줄 알았으랴. 게다가 내가 받아들이지 않는 것을 보고도 부끄럽게 여기지 아니하며 도리어 감복하는 것은 더욱 보기 어려운 일이다. 아깝다. 여자로서 천한 몸이 되어 고달프게 살아간다는 것이. 그래서 노래에 사실을 적어 정에서 출발하여 예의에 그친 뜻을 알리는 것이다. 보는 이들은 그렇게 짐작하시라.

이 기록은 『율곡전서』에는 없고 이화여대박물관에 소장되어 있는 율곡이 직접 쓴 글을 옮긴 것이다. 율곡은 황해도 관찰사로 부임하여 해주에 있을 때인 나이 서른여덟에 유지를 만났다. 율곡과 유지는 십 년이 넘도록 서로 사모하는 정을 키워 왔지만 결국 가문과 벼슬의 체면에 꽁꽁 묶여 에로스란 하늘에 달려 있는 붉은 과일을 따먹지는 못했다.

강촌의 그날밤, 사랑하는 이에게 몸을 주러 왔으나 받아들여지지 않고 거절당한 유지의 마음은 어떠했을까. 날이 밝자 율곡이 써준 이별시 한 수를 품에 품고 남들의 눈을 피해 몰래 집을 나서는 유지의 모습을 생각하면 상처에 소금을 뿌린 듯 아리고 따갑다.

사창가의 노래인 '해 뜨는 집(The House of The Rising Sun)'을 들으며, 부끄러운 아침 햇살 속으로 쓸쓸히 떠나간 유지를 추억한다.

안개와 노을

낚시꾼은 물안개를 좋아한다. 새벽 낚시터에서 피어오르는 물안개는 가히 환상적이다. 젊은 한때, 낚시터의 물안개가 너무 좋아 낚시는 하는 둥 마는 둥 하고 새벽을 기다려 이 풍경 속에 자주 빠지곤 했다. 텐트 안 침낭 속에서 맞는 아침은 신선하고 경이롭다.

입고 자던 팬티를 반쯤 내리고 턱을 괴고 엎드리면 밤새 침낭 속 오리털 사이사이에 배어 있던 체온이 다시 살갗으로 전해져 오는 따뜻한 온기의 쾌감. 꺾여진 갈대 사이로 물안개가 자욱하게 피어오르는 수면을 새벽 졸음이 잔뜩 묻은 실눈으로 바라보면 생각 속의 근심은 말끔하게 사라져 버리고 만다. 낚시터의 싱쾌한 이침.

산꾼은 안개와 노을을 좋아한다. 산행중에 짙은 안개에 갇혀 길을 잃어버리는 경우도 더러 있지만 구름 모자를 쓰고 있는 산할아버지의 모습을 치어다보는 것은 정말 좋다. 그것보다 가장 높은 산 꼭대기에 올라 앉아 운해 속에 불쑥불쑥 솟아 있는 산봉우리들을 내려다보는 맛은 또 다른 오르가즘, 자전거를 타고 내리막길을 두 다리 들고 신나게 달리는 맛보다 오히려 낫다.

골짜기를 타고 서서히 내려오다 두고 온 무엇이 불현듯 생각난 듯 갑자기 산꼭대기 쪽으로 뒷걸음치는 안개의 유희. 산에서 부는 바람이 음계처럼 작용하여 계곡의 안개를 안단테(조금 느리게)로 끌어내리다가 때론 비바체(빠르고 활발하게)로 밀어 올리기도 하는가 보다. 아니면 하늘이 흔드는 지휘봉에 따라 계곡과 능선에 머물던 안개가 고저장단에 맞춰 춤추며 자리바꿈하는 모습이 인간의 눈에는 구름의 흐름으로 비치는 모양이다. 그래서 산은 신비롭고 안개는 더욱 신묘하다.

찾아오는 이 아무도 없는 비라도 내리는 날, 암자의 법당 뒤를 감싸고 도는 안개의 일렁거림은 처마 끝에서 떨어지는 낙숫물 소리와 묘한 조화를 이뤄 여기가 바로 선경임을 일러 준다. '나는 어디에서 왔으며 어디로 가고 있는가'란 선문답 같은 물음에 대답하지 않아도 된다. 온 곳이 없으니 갈 곳 또한 없는 것일 뿐.

때론 안개가 산허리에 띠를 두른 저물녘에 산정에 서 있으면 기가 찬 노을을 만날 수 있다. 들판을 가로질러 서쪽 하늘에 유화로 걸려 있는 노을도 좋지만 갯벌 너머에서 지는 해가 보내 주는 마지막 성찬은 정말 가슴속에서 환희가 넘쳐 말문이 턱턱 막힐 정도인 것을. 강화도 보문사 눈썹바위에서 전득이 고개로 달리는 능선종주 길에 만난 쇳물을 끓여 부은 듯한 그 장려한 낙조는 너무나 엄숙하여 이 세상에 있는 신들을 모두 불러 함께 기도라도 드리고 싶었다.

이렇게 안개와 노을을 사랑하는 사람들은 대부분 연하벽(煙霞癖)에 걸려 입산하게 된다고 한다. 당시(唐詩) 중에 김지장 스님이 쓴 '동자를 산에서 내려 보내며'란 시의 끝구절에 있는, "늙은 중에게야 안개와 노을이 있지 않느냐(老僧相伴有煙霞)"는 자조에 가까운 탄식을 보면 산승의 반려로는 연하가 제격인 줄 저절로 알게 된다. 그런데 나는 아직 저잣거리를 배회하는 낭인으로 버티고 있으니 얼마나 더 안개와 노을을 좋아해야 산으로 들어가 산울림 영감과 친구하여 놀 수 있을는지 아득하기만 하다.

조선조 성종 때 함양의 고을 원을 지낸 김종직은 마흔둘에 친구 몇 사람과 함께 지리산에 올라 기행문인 유두류록(遊頭流錄)을 쓴 적이 있다.

아홉 고개를 지나고 산등성이를 따라 걸어가니 지나는 구름이 갓을 스쳤다. 풀과 나무는 비가 오지 않았는데도 젖어 있었다. 능선의 나무들은 바람과 안개에 시달려 가지와 줄기가 왼쪽으로 휘어져 흰 미리카락이 바람에 나부끼는 듯하였다. 그때서야 비로소 산이 하늘과 멀지 않았음을 알았다.

지리산엘 가고 싶다. 내가 제일 좋아하는 산이 지리산이다. 삼복 무더위도 끝났고 칠월 백중(百中)도 지났으니 찬 기운이 올라와 지리산의 최고 명물인 운무와 운해를 만드는 최적기가 지금이다. 지리산 능선 부근의 암자에서 며칠 머물 팔자는 못 타고 났더라도 이박삼일 정도의 종주 길에 올라 능선에선 바람도 만나고 연하천에선 안개도 만나고 그리고 벽소령 산장에선 조선솥 뚜껑보다 더 큰 둥근 달도 보고 싶다.

그리고 하산길 저녁 무렵엔 산골 마을 전체를 뒤덮는 하얀 연기도 만나고 싶다. 그 연기 속에 숨어 있는 순한 솔가지 타는 내음을 맡으려 자꾸만 코가 벌름거리며 따라가던 어릴 적 추억도 재현해 보고 싶다.

풍류는 혼자 누리되 다만 꽃과 새가 따라와 함께하는 것을 용납한다. 진솔함을 누가 알아주랴만 안개 노을의 공양은 받을 만하다. 세상일을 다 잊을 수 있고 온갖 것에 모두 담담할 수 있지만 여태 담담할 수 없는 것은 좋은 술 석 잔이다.

중국 청나라 문인 장조의 『유몽영(幽夢影)』에 있는 구절이다. 어쩌면 안개를 좇아 산으로 들어가고 싶은 내 마음을 들여다보고 쓴 듯하여 자다가 벌떡 일어나 읽고 또 읽는다. 꽃과 새에 둘러싸여 안개 노을 공양 받으며 좋은 술 석 잔이라. 허 참!

2.

네가 그리우면 나는 울었다

퇴계의 풍류는 '낮 퇴계 밤 퇴계'란 말로 요약되고 완성된다. 이 말 속엔 동양 최고 학자의 풍모와 너무나 인간적인 사람의 냄새가 동시에 묻어 있는 멋진 찬사다. 만약 "낮 퇴계와 밤 퇴계가 같다"고 했다면 '늘푼수' 없는 선비의 좁쌀 같은 이미지만 비쳐질 뿐 아무런 매력이나 멋을 느끼지 못할 것이다. 여인에 대한 최대의 찬사가 '낮엔 요조숙녀 밤엔 요부'라는 말에 동의할 수 있다면 '낮 퇴계 밤 퇴계'는 이하동문이다.

인간의 정신과 육체는 서로 물고 있는 관계여서 어느 것이 우위에 있다고 단언할 수 없다. 닭이 먼저냐 달걀이 먼저냐는 질문과 비슷하다. 머릿속에 지식깨나 들어 있는 식자층은 "그거야 정신이 우위에 있지"라고 흔히 말한다. 굳이 틀린 말은 아니지만 맞는 말도 아니다.

건강한 육체에 건강한 정신이 깃들 듯 육체를 하대하고 정신만

높이 사면 거푸집 없이 짓는 건물과 같고 육체를 떠난 정신은 집 없는 노숙자 신세를 면치 못하리라.

하이데거의 『존재와 시간』에 이런 이야기가 있다. 시간의 신이 인간에게 백 년이란 시간을 주었다. 죽고 나면 정신은 영혼의 신이, 육체는 흙의 신이 가질 권리가 있다고 했다. 그러나 살아 있는 백 년 동안은 슬픔과 불안의 신이 지배하는 것으로 미리 정해 두었다. 참으로 취할 것 없는 허무한 이야기다. 너와 나, 우리 모두는 이 덫에 걸려 있는 사람들이다. 그러니까 정신은 하나님의 영역에 많이 편입되어 있고 육체는 인간의 영역에 포함되어 있다가 죽음을 맞는 순간 서로 흡수되고 통합되어 새로운 시작을 향해 행진을 한다는 사실이다. 그래서 정신과 육체를 굳이 분리하여 생각할 필요가 없다는 결론에 도달하게 된다.

그러나 남녀 간의 몸을 배제한 정신만의 만남은 한때 반짝하는 정전기의 발작이거나 그리움의 유혹일 뿐 남는 것은 하나도 없다. 진정한 사랑이란 육체가 경험한 아름다운 기억을 정신이란 반석 위에 세운 집과 같은 것이다. 그 기억을 추억할 줄 아는 육체는 능히 정신과 융합하여 불멸의 바다에서 자유롭게 유영하거나 더러는 역사 속의 이야기로 남아 오랜 세월 동안 인구에 회자되기도 한다.

퇴계는 자신보다 남을 먼저 배려하고 벼슬에 연연하지 않은 참다운 선비였다. 그는 평생을 근면과 검소로 버텼고 간소한 묘비명

만 자식들에게 허락했을 뿐 예를 갖춘 장례까지 마다할 정도였다. 그런 근엄하고 학덕이 깊은 학자가 아홉 달 동안의 단양 군수 시절에 두향(杜香)이란 어린 기생을 만나 사랑을 하게 되고 생애가 끝나는 순간까지 애타게 그리워하는 마음을 지녔다니 이 얼마나 고맙고 아름다운 일인가.

퇴계 나이 마흔여덟 살 때 열여덟 살인 관기 두향을 만났다. 두향은 총명했고 학문과 예술의 깊이가 예사롭지 않았다. 두번째 부인과 사별한 지 두 해째인데다 매화를 가꾸는 솜씨가 비범한 그녀였으니 매화를 좋아하는 퇴계가 빠져들기엔 충분하고도 남았다. 이는 주자학의 거두 주세붕이 『대학』을 줄줄 외며 그 이치를 꿰고 있던 탁문아라는 기생과 함께 자주 청량산에 들어가 학문과 사랑을 나눴다는 이야기와 궤를 같이한다.

퇴계는 짧은 임기를 마치고 떠나는 전날밤 두향의 치마폭에 "죽어 이별은 소리조차 나오지 않고 살아 이별은 슬프기 그지없다(死別己吞聲 生別常惻惻)"는 시 한 수를 적어 준다. 그리고 단양을 떠날 때 두향이 정표로 퇴계에게 선물한 분매 한 그루만 가마에 싣고 고향으로 돌아온다.

퇴계는 숨을 거둘 때까지 20년 동안 이 매화를 사랑하는 연인 대하듯 애지중지한다. 두향의 분매는 흰 눈과 얼음 같은 살결과 옥과 같은 뼈대를 지닌 보기 드문 빙기옥골(氷肌玉骨)이었다. 그 매화는

가지치기를 잘하여 등걸은 드러나 있고 줄기는 알맞게 구부러져 가지는 성깃하고 꽃은 드문드문 붙어 있는 최고의 단엽 백매였다.

이 매화를 잠시 서울에 두고 고향으로 내려온 퇴계는 못내 그리워 손자 이안도를 시켜 자신의 거처로 가져오게 한 적도 있었다.

두향의 혼이나 다름없는 아취고절(雅趣高節)의 분매를 보자 퇴계는 "원컨대 님이시여 우리 서로 사랑할 때 청진한 옥설 그대로 고이 간직해 주오(願公相對相思處 玉雪淸眞共善藏)"라는 글을 짓는다. 이는 사랑할 때 나눈 운우지정을 그리워하며 두향에게 바치는 최고의 헌사가 아니었을까. 퇴계가 열반에 드는 날 아침 아랫사람에게 "분매에 물을 주라"는 마지막 유언을 남긴다. 저녁 무렵 "와석을 정돈하라"고 이르고 벽에 기대어 두향의 사랑이 가지마다에 서려 있는 매화를 바라보며 조용히 눈을 감는다. "사랑하는 사람아!"

한편 두향은 퇴계가 죽자 그리움에 지친 22년의 세월을 마감하고 강물에 몸을 던진다. 퇴계가 시를 써 준 치마와 수절을 맹세하고 자른 옷고름은 두향의 시신과 함께 충주댐 옥순봉 기슭에 묻혀 있다.

두향을 생각하며 고정희 시인이 쓴 '네가 그리우면 나는 울었다'는 시 한 편 읽는다.

길을 가다가 불현듯/ 가슴에 잉잉하게 차오르는 사람/ 네가 그리우면 나는 울었다/ 목을 길게 뽑고/ 두 눈을 깊게 뜨고/ 저 가슴 밑바닥에 고

여 있는 저음으로/ 첼로를 켜며/ 비장한 밤의 첼로를 켜며/ 두 팔 가득 넘치는 외로움 너머로/ 네가 그리우면 나는 울었다// 너를 향한 기다림이 불이 되는 날/ 나는 다시 바람이 되어/ 그 불 다 사그러질 때까지/ 어두운 들과 산굽이 떠돌며/ 스스로 잠드는 법을 배우고/ 스스로 일어서는 법을 배우고/ 스스로 떠오르는 법을 익혔다/ …/ 그만큼 어디선가 희망이 자라오르고/ 무심히 저무는 시간 속에서/ 누군가 내 이름을 호명하는 밤/ 나는 너에게 가까이 가기 위하여/ 빗장 밖으로 사다리를 내렸다/ …/수없는 나날이 셔터 속으로 사라졌다/ 내가 꿈의 현상소에 당도했을 때/ 오오 그러나 너는/ 그 어느 곳에서도 부재중이었다/ 달빛 아래서나 가로수 밑에서/ 불쑥불쑥 다가왔다가/ 이내 바람으로 흩어지는 너/ 네가 그리우면 나는 울었다.

어이 얼어 자리 무슨 일로 얼어 자리

조선 사나이들 통틀어 논다면, 노는 미스터 '논다이'(MR. PLAY BOY)를 뽑는다면 누가 미스터 진으로 뽑힐까. 모르긴 해도 어느 누가 심사를 맡더라도 백호(白湖) 임제(林悌) 같은 이를 천거할 것 같고 그 정도는 돼야 진선미 시상대를 기웃거릴 후보군에 들 것 같다. 허기야 건드린 여인의 숫자를 헤아리면 연산군을 비롯하여 조선의 임금들도 무시할 존재는 아니다. 그러나 풍류는 어디까지나 양이 아니라 질로 따지기 때문에 역대 임금들이 '베스트 텐'에 들기란 매우 어려울 것 같다. 연애는 권력의 힘으로 눌러서 빼앗는 과일이 아니라 사랑의 기술로 낚아 바구니에 담는 귀한 과일이기 때문에 더욱 그러하다.

　임금들의 "오늘 밤 성은을 입어라"든가 사또들의 "수청을 들지어다" 등의 성에 관한 강압적인 예약주문 장면을 떠올리면 구역질만 날 뿐 아무런 감흥이 일지 않는다. 그러나 옛 한량들이 시를

지어 프러포즈를 하거나 우물가를 지나치며 아녀자들에게 거는 수
작들을 보면 그렇게 멋들어질 수가 없다. 멋이라는 말 자체가 바로
풍류인 것이다.

북천이 맑다커늘 우장없이 길을 나니
산에는 눈이 오고, 들에는 찬비로다
오늘은 찬비 맞았으니 얼어 잘까 하노라
― 백호의 시 「한우가」

초겨울 우장도 없이 함초롬히 찬비를 맞은 백호가 평양 기생 한
우(寒雨)의 집으로 뛰어들며 거는 수작이다. 다분히 의도적이고 기
획된 방문이지만 한우는 개의치 않는다. 지게꾼이 선녀를 만나고
한량이 기생을 만나는 도리가 '눈 감고 아웅', 다 그런 것이다.

어이 얼어 자리 무슨 일로 얼어 자리
원앙 베개와 비취 이불을 어디 두고 얼어 자리
오늘은 찬비 맞았으니 녹아 잘까 하노라
― 한우의 답시

근사한 넥타이는 멋진 양복에 어울리듯 한우의 답시가 더 멋지
다. 많고 많은 기생 중에 시로 멋을 부려 역사 속 명기로 이름을 올
린 것은 모두 한우의 문학 탓이다. 그래서 문학은 위대하다. 그날
밤 한우는 섭씨 36.5도짜리 맨몸 스토브를 40도 쯤 가열하여 찬비

맞아 꽁꽁 얼어 들어온 백호의 몸을 눈 녹이듯 녹여 준 것은 보지 않아도 불문가지.

백호가 너무너무 부럽다. 백호의 풍류끼는 여기서 그치지 않는다. 당시 양반 사회에는 한두 명의 첩을 거느리는 것은 관행화되어 있었으며 선비 어른이 하룻밤 기녀를 품에 안고 언 몸 녹이는 것은 그렇게 특별할 것이 없어 뉴스가 되지 못한다. 그러나 백호가 찬비를 맞고 한우를 찾아가 너스레를 떨던 그 능청스러움이 꽤 비싸게 굴던 한우의 앞가슴을 풀어 헤치게 만들지 않았을까.

미스터 논다이 백호는 벼슬에는 크게 관심을 보이지 않은 자유인이었다. 그는 어릴 적부터 거칠고 자유분방했으며 스무 살까지 스승이 없었다. 사회의 규범이나 속박에 얽매기를 싫어하여 창루(娼樓)와 술집 주변을 배회했다. 과거를 보았으나 번번이 낙방했고 늦게 성운(成運)을 스승으로 만나 삼 년 동안 공부에 매달렸다. 이때 『중용』을 팔백 번이나 읽었다.

스물여덟이 되자 스승에게 하직 인사를 드린 후 산에서 내려와 진사 시험을 거쳐 알성시에 급제하여 벼슬길에 나섰다. 그는 흥양현감, 서도병마사, 예조정랑을 거쳐 홍문관 지제교를 지냈다. 공직 사회에는 서로 헐뜯고 편당을 지어 공명을 탈취하려는 속물들의 비열한 행동이 쉼 없이 진행되던 때이다. 호방한 성격의 백호에겐 그것이 용서가 되지 않았다. 벼슬살이 10년째, 백호는 관복을 훌훌 벗어 던지고 명산대천을 주유하는 풍류객의 참모습으로 돌아갔다.

청초 우거진 골에 자난다 누웠난다

홍안을 어듸 두고 백골만 무쳤난이

잔 잡아 권하리 업스니 그를 슬허 하노라

— 백호의 시

이 시는 백호가 서도병마사로 임명되어 부임하는 길에 황진이의
무덤을 찾아가 읊은 시다. 그는 이 일로 임지에 도착하기 전에 파직
당했다. 양반의 체통을 흐려 놓았다는 것이 파직 이유였다.

백호는 개의치 않았다. 관직에 목숨을 걸 위인은 아니었다. 사실
황진이와 백호가 이 세상에서 만난 적은 없다. 황진이의 생몰연대
가 설사 미상이라 하더라도 유추 짐작해 보면 백호는 황진이가 죽
은 다음 7–8년 뒤에 태어났다. 이승에서 한 번도 만나지 못한 어머
니뻘 기생의 무덤을 찾아가 시 한 수 읊고 술 한 잔 따라 준 게 파
직당할 정도의 죄인가. 풍류도 제대로 모르는 졸렬한 시대가 정말
원망스럽다.

불원, 날이 흐려지면 우장 없이 산천을 떠돌면서 찬비나 흠뻑 맞
고 싶다. 그래 찬비.

고향집 앞 버드나무

고향 동네 어귀에 늙은 버드나무 한 그루가 서 있었다. 긴 겨울이 가고 봄이 오면 수천 갈래로 가지를 늘어뜨린 버드나무는 햇순을 밀어내기 위한 준비 작업으로 먼저 푸른 기운부터 띄운다. 그럴 때면 또래 친구들은 물오른 가지로 버들피리를 만들어 동네 고샅을 시끌벅적 불고 다녔다. 이 버드나무는 숲이 짙어 여름 한철에는 살평상만 깔면 동리 어른들의 쉼터가 되곤 했다.

어릴 적에는 물론이고 나이가 상당히 들었어도 버드나무 한 그루가 왜 우리 동네를 수문장처럼 지키고 있는지 그 까닭을 알지 못했다. 늦게나마 옛 시를 읽다 그 버드나무가 예사롭지 않은 나무임을 알게 됐다. 머릿속으로 고향을 그릴 때마다 아름다운 배경 속에 우뚝 서 있는 동리 앞의 버드나무는 사실은 '이별을 위한' 나무였다.

강가에 말을 세워 놓고 머뭇머뭇 헤어지지 못하여 버드나무 제일 높은 가지를 꺾어 주네 어여쁜 여인은 인연이 옅어 자태를 새로 꾸몄는데 바람둥이 사내는 정이 깊어 뒷날을 기약하네.

이 시는 조선조 선조 때 의병대장이었던 고경명(1533–1592)이 지은 시다. 아비를 닮아 풍채와 용모가 출중했던 고경명은 젊은 시절 황해도에 놀러 갔다가 한 기생을 사랑하게 되었다. 그 기생은 어느 모임 자리에서 관찰사의 눈에 들어 사랑하는 청년과 헤어질 수밖에 없었다. 청년은 헤어짐이 아쉬워 여인의 속치마에 시 한 수를 써 주었다.

관찰사 앞에서 술을 따르던 기생의 치마폭이 바람에 날리자 이루지 못한 이별의 사연이 드러나고 말았다. 관찰사는 연유를 물었고, 기생은 숨김없이 대답했다. "뛰어난 풍류객이로다." 관찰사란 권력의 힘으로 쟁취한 사랑이 기생의 순정 앞에 무너지는 순간이었다.

관찰사는 나중 고경명의 아버지를 만나 이렇게 말했다. "훌륭한 아들을 두었더군요. 재주와 용모는 뛰어나지만 행실은 좀 그렇습디다." 농담 반 진담 반이었다. 그 아버지는 "내 아들의 용모는 제 어미를 닮았고 행실은 이 아비를 닮았소이다"라고 응수했다. 관찰사는 겉으로는 빙그레 웃었지만 고씨 부자에게 연타석 안타를 얻어맞아 기분이 몹시 언짢았을 게다. 그러나 젊은 한 시절 두루 풍류를 즐긴 고경명은 임진왜란이 일어나자 예순 노구에도 불구하고 종후, 인후 두 아들과 함께 의병을 일으켜 금산전투에서 장렬하게 전사한 장본인이다.

기생의 치마폭에 일필휘지, 헤어짐의 애틋한 정을 노래할 수 있는 장부의 기개가 있었기에 전쟁이 일어나 나라의 존망이 기로에 서자 자신과 두 아들의 생명까지도 초개같이 버릴 수 있었던 것이다. 진짜 풍류객만이 보여줄 수 있는 아름다운 처신이다.

옛날 벼슬아치들은 풍류라는 허울로 기생을 노리개 감으로 취급하는 경우가 허다했다. 기생도 기생 나름이긴 하지만 대다수가 인격체로서 인정받지 못한 게 사실이다. 이런 풍조는 하나의 사회적 현상으로 기생의 입장에선 그런 현실을 감내할 수밖에 없었다. 그러나 전해 내려오는 기생들의 시편 속에 적혀 있는 인간적인 사랑 이야기를 접하면 가슴 찡한 감동을 느끼곤 한다.

묏버들 가지 꺾어 보내노라 임에게
잠자는 창 밖에 심어 두고 보소서
밤비에 새잎 나거든 나인가 여기소서
— 기생 홍랑의 시조

사무치는 그리움이 없고서야 어떻게 이런 시를 쓸 수 있었을까. 최근 발견된 19세기 초 한재락이 쓴 평양 기생 67명을 인터뷰한

'녹파잡기(綠波雜記)'를 보면 기생들도 그녀들 나름대로 순정을 지키려는 노력이 대단했음을 곳곳에서 엿볼 수 있다.

열한 살 어린 기생 초제는 비 오는 날 벼슬아치 행차에 따르려다 가죽신에 구멍이 나 있는 것을 늦게 발견했다. 망연자실 서 있는데 더벅머리 소년이 자신의 신발을 벗어 주고 맨발로 뛰어 가버렸다. 기생은 소년의 신발을 감싸쥐고 말했다. "처녀의 몸으로 다른 이의 신발을 신었다. 규방 여인의 행실이 변해서는 안 된다. 앞으로 그와 인연을 맺게 되면 오늘 일 때문일 것이다."

기생 나섬은 아름다웠지만 도도했다. 준수하게 생긴 남정네와는 하룻밤 정을 나누기도 했지만 천박한 사내와는 백 꿰미 금전을 준다 해도 쳐다보지 않았다.

지금은 초제나 나섬 같은 기생다운 기생은 없고 꿰미 돈만 셀 줄 아는 몸팔이 아가씨뿐이다. 그녀들은 고상함과 천박함을 구별하는 감식안이 없기 때문에 지켜야 할 스스로의 자존심을 포기한 것이다.

고향집 앞에 서 있는 버드나무를 생각하면 갑자기 내 의식이 눈 뜨기 전에 돌아가신 이비지가 떠오른다. 아버지는 이 버드나무 가지를 몇 번이나 꺾었을까. 싱거 미싱을 사 준 초선이란 기생을 떠나보낼 때는 '날 본 듯' 하라며 분명 한 가지 꺾은 것까지는 알겠는데. 나중 저승에서 만나 뵈면 손수 꺾은 버드나무 가지 숫자부터 먼저 물어봐야겠네.

언치 놓아 지즐타고

옛 시조 중에서 첫 손가락에 꼽을 시 한 수를 골라라 하면 나는 단연 송강 정철의 이 시조를 꼽는다. 요즘 말로 코드라고 해야 하나, 어쨌든 내 취향에 딱 들어맞기 때문이다.

재 너머 성권농(成勸農) 집의 술닉닷 말 어제 듣고
누은 쇼 발로 박차 언치노하 지즐타고
아해야, 네 권농 겨시냐 정좌수(鄭座首) 왓다 하여라.

송강 정철은 고개 너머 살고 있는 저보다 한 살 위인 성권농(본명:성혼, 호: 우계)이 아해놈을 시켜 전해 온 "우리 집에 술이 다 익었다네. 내일 해질녘에 술이나 한 잔 하세"라는 기별을 귀가 아닌 혀끝으로 듣는다. 송강은 책이 손에 잡히지 않는 하루 밤과 하루 낮을 조바심하며 보낸 후 타는 저녁놀 속에 술 익는 마을의 친구를 찾아 나선다.

송강의 기분은 보지 않아도 훤하다. 아편쟁이 아편 맞으러 갈 때와, 오입쟁이 여자 만나러 갈 때의 그 기대에 부푼 호기로운 심사와 꼭 같았을 것이다. 모르긴 해도 누은 소 발로 박차 언치(소 등에 까는 담요 같은 물건) 놓아 지즐탈 때(눌러 탈 때) 송강의 기분은 아마 최고조에 달했으리라. 이럴 때 고어(古語)로 추임새를 넣는다면 "덩디듕셩 덩디듕셩 위 덩디듕셩"이 제격일 것 같다.

느린 소보다 급한 마음이 한 발 앞서 달리는 재 너머 길을 가면서 송강은 이렇게 읊었으리라. "쉰 술 걸러 내여 맵도록 먹어 보세. 쓴 나물 데워 내여 다도록 씹어 보세."

한편 송강을 초대한 권농은 오후 들면서 사립 쪽을 쳐다본 것이 벌써 몇 번째. 밀쳐 닫아 둔 사립문이 마음에 걸려 송강을 등에 태워 온 소가 머뭇거리지 않도록 활짝 열어 둔다. 그러나 기다리는 벗님네는 좀처럼 오지 않고 낮달만 아비도 몰라보는 낮술에 취해 희멀건 얼굴이 감나무에 걸려 있다.

술시(酒時)를 맞춘다는 게 늦었나 보다. 그래서 송강은 자신을 기다리는 성권농이 속내를 미리 헤아려 이런 시조를 지었겠지. 타인의 입장이 되어 현상과 경우를 바꿔 생각해 본다는 것은 분명 남을 위한 배려이자 보시다.

"곳즌 밤비의 피고 비즌 술 다익거다 거문고 가진 벗이 달함끠 오마터니 아희야 초첨에 달 올라다 벗님 오나 보아라." 송강은 역시 시의 달인이다. 정말 멋진 밤이다. 오랜만에 만난 풍류객들이 얼마나 많은 술을 마셨는지는 아무도 모른다. 아마 필름도 끊기고 돌아가던 영사기도 멎은 지가 한참 되었을 것이다. 아는 이는 권농의 처와 송강의 귀갓길 바닷가에서 만난 갈매기나 겨우 알았을까.

명사길 니근 말이 취선을 빗기 시러
바다할 겻태 두고 해당화로 드러가니
백구야 나디마라 네 벗인 줄 엇디아난.

송강은 소를 타고 왔는지 말을 타고 왔는지 그것조차 잊어버리고 잔등에 비스듬히 실려 가면서 해당화길 옆에 놀고 있는 백구를 보고 친구하자고 보챈다. 그러나 갈매기는 "우리 친구들이 술 취한 사람하고는 놀지 말랬어요" 하고 날아가 버린다. 백구도 훨훨, 마음도 훨훨.

저녁달이 술잔에 거꾸러지고 술항아리에 별이 떨어질 무렵 송강은 타고 온 소를 다시 빗겨 타고 왔던 길로 되돌아가 버린다. 설핏 잠이 든 권농은 타는 목마름이 깨운 깔딱 잠에서 일어나 물을 찾았으나 아직 헐지 않은 항아리에 가득한 술밖에 보이지 않는다. 신새벽에 이슬 머금은 푸른 산과 마주 앉아 해장술을 한 잔 하며 가 버린 친구를 아쉬워한다. 그리고는 일상으로 돌아가기 위한 마음의 준비로 시 한 수를 적는다.

전원에 봄이 오니 이 몸이 일이 하다
곳 남근 위 옴김여 약밧츤 언제 갈리
아희야, 대뷔여 오너라 삿갓 몬져 결을이라.

술 익자 체 장사 돌아가니

황희 정승은 인간적인 사람이다. 그의 아흔 생애를 들여다보면 인생살이가 흠이나 티가 별로 보이지 않고 결 고운 무늬로 직조되어 있음을 쉽게 알 수 있다. 울음으로 시작되어 염습으로 마감되는 사람의 한평생이 어찌 부끄럽고 수치스런 일을 저질지 않고 지낼 수 있겠냐마는 그래도 황희 정승의 일생은 빛깔 고운 한 뭉치 피륙으로 기억될 수 있다는 것은 분명 축복이다.

인간적인 삶이란 개인의 기본 소양에서 나오는 것이지만 그것도 곰곰 따지고 보면 환경과 교육에서 나오는 것이리라. 개인의 아름다운 품성은 결국 자신에게는 엄격하고 타인에게는 관대해질 때 비로소 발해지는 것으로 마음만 있다고 아무나 그렇게 되는 것은 아니다. '자신에게 엄격'과 '타인에게 관대' 사이를 왔다갔다 하는 그네를 잘 타기 위해서는 끊임없이 자신을 향한 닦달과 채찍을 휘두르지 않으면 안 된다.

수양과 수련이 모자라면 자신도 모르는 사이에 '자신의 오만'과 '타인을 향한 비방' 사이를 왔다갔다 하는 그네에 얹혀 있는 꼴이 되고 만다. 그렇게 되면 현재 차지하고 있는 벼슬이 재상에 이를지라도 역사는 황희 정승과는 반대로 '졸물 재상'으로 취급해 버리고 만다. 우리나라가 수없이 겪어 왔던 정치 상황이 이와 비슷하다.

황희가 살았던 조선조 초에도 사창의 피해가 막심했나 보다. "전국의 고을에 있는 창기를 폐지해야 한다"는 소리가 높았다. 임금이 조정 회의에서 "창기를 없애야 할까"라고 물었다. 모든 대신들이 "지당하옵니다"라고 아뢰었다. 그러나 황희의 뜻은 달랐다. "남녀란 사랑의 욕정에 관계되어 있는 것이므로 이를 만약 없앨 경우 외방에 나가 있는 자들이 여염집 부녀자들을 겁탈하는 일들이 비일비재하게 벌어지게 될 것입니다. 창기는 관가의 소유로 누구나 이용하도록 해야 합니다." 임금도 심사숙고 끝에 황희의 의견을 따랐다.

지금 우리나라는 '사창이 말끔히 청소되었다'며 대통령, 총리, 여성부 및 복지부 장관 그리고 종로경찰서 서장까지 '창기를 없앤 것'을 큰 업적으로 삼고 있다. 그런데 신문을 보면 황희 정승이 우려했던 일이 연일 터지고 있다. 귀가길 여대생 성폭행 후 살해, 가정주부 납치 성폭행 암매장. 참으로 답답한 일이다. 저승의 보좌에 앉아 있는 황희 정승이 이렇게 말하는 것 같다. "내가 천육백 년 전에 이미 말했지, 아마. 민초들의 허리하학에 관한 문제는 조정에서 건드려선 안 된다고 말이야."

황희 정승의 아들 교육은 남달랐다. 둘째 아들 수신이 예쁜 기생에게 푹 빠져 있었다. 아버지가 아무리 나무라도 말을 듣지 않았다. 하루는 아들이 외출에서 돌아오자 황희는 관복을 갖춰 입고 문밖에 나가 아들을 맞아 들였다. 아들이 황공하여 그 까닭을 물었다. "나는 너를 아들로 대하는데 너는 아비의 말을 알아듣지 못하니 이제 너를 타인으로 대하는 수밖에 다른 도리가 없다." 그 일이 있고 나서 수신은 기생과의 연분을 끊었다.

어느 날 대취하여 돌아오던 중 말안장 위에서 깜빡 졸았다. 그 사이에 말은 신라 때 천관녀의 집을 찾아 든 유신의 말처럼 기생의 집으로 들어갔다. 술이 깬 수신은 촛불 앞에 앉아 있는 여인을 보고 깜짝 놀랐다. 아버지의 뜻을 거역한 것이다. 수신이 고삐 잡은 종놈을 죽이려 하자 하인은 "말이 서슴없이 이 집을 찾아 들기에 대인께서 고삐를 돌리신 줄 알았습죠."라고 말했다.

수신은 칼을 빼 말머리를 치고 걸어서 집으로 돌아왔다. 죄 없는 말이 남녀 간의 색정 때문에 이렇게 역사 속에서 죽어 간 것이 김유신 장군 이래 이번이 두번째인가. 그건 잘 모르겠다.

맏아들 치신이 호조 판서를 할 때 호화로운 집을 지어 입주 잔치를 벌였다. 아비인 황희 정승도 의관을 갖춰 입고 아들네 집으로 향했다. 집을 한 바퀴 돌아보곤 간다온다 말없이 발길을 돌렸다. 아들과 미리 와 있던 손님들이 허둥지둥 뒤쫓아 갔다.

"아버님 집으로 드시지 않고 바로 돌아가시다니요." "나는 너에게 물려준 재산이 없는데 이렇게 큰 집을 짓다니 청렴 선비로선 있을 수 없는 일이다." "아버님, 그건…" "비가 새는 누옥에 살고 있는 백성들이 낸 세금으로 녹을 받는 자가…" "대감마님…" "네가 내 아들이란 사실이 부끄럽고, 너와 함께 벼슬자리에 있는 내가 부끄럽다." 황희 정승은 왔던 길로 돌아가 버렸다. 잔치는 취소됐다. 아들 치신은 그날 이후 평생 동안 검소한 생활을 하다 생을 마쳤다.

나는 황희 정승이 좋다. '타인에겐 관대'하고 '자신에겐 엄격'한 그 아름다운 품성도 좋지만 그것보다는 겉으로는 드러내지 않았지만 내면 깊숙한 곳에서 흘러가는 그의 풍류와 한량끼가 나는 좋다. 만약, 만약에 말이다 황희 정승이 '술 익자 체 장사 돌아가니 아니 먹고 어이리'라는 시조 한 수조차 남기지 않고 계율과 청렴 속에서 아흔 생애를 보냈다면 내 마음속에 이렇게 크게 자리하지는 못했을 것이다.

대초 볼 불근 골에 밤은 어이 듯드르며
벼 뷘 그르헤 게는 어이 나리난고
술 익자 체 장사 도라가니 아니 먹고 어이리.

풍류가 농익을 때

옛 어른들은 사람의 취미를 여섯 단계로 나누었다. 응(鷹) 마(馬)
주(酒) 색(色) 난(蘭) 석(石). 10대부터 60대로 한정했다. 그 당시의
70대 이상은 '집에 누웠으나 산에 누웠으나 별반 다를 바 없어' 언
급조차 하지 않았나 보다.

옛날 10대들은 청바지와 비보이 춤 그리고 인터넷 게임을 몰랐
다. 그래서 매를 훈련시켜 산천으로 나가 꿩 잡는 것이 놀이이자 취
미였다. 20대는 말을 타면서 호연지기를 키웠다. 30대는 술, 40대는
색의 오묘한 이치와 맛을 깨달았다. 50대는 우리 난을 키우며 자태
와 향에 취했다. 60대는 세상살이의 배신에서 깨어나 무정물인 돌,
즉 수석에게서 믿음(信)과 멋을 느꼈다.

선조들이 분류한 '인간의 여섯 단계 취미'는 먹고 사는 생활과
는 직접 관련이 없는 바로 풍류였다. 풍류가 뜻하는 풍(風)은 '바
람'으로, 눈으로 보면 보이지 않지만 구름, 나뭇잎, 치맛자락 등 다

른 사물을 통해야만 비로소 볼 수 있고 직접 내가 부딪쳐야 느낄 수 있는 아주 멋있는 것이다. 몸 밖에서 일고 있는 바람도 이렇게 난해한데 하물며 마음속에서 불고 있는 멈추지 않는 바람의 실체를 어떻게 설명해야 할지 아직 방법을 찾지 못하고 있다.

지(地) 수(水) 화(火) 풍(風) 등 지상의 사대 기운 가운데 '풍'을 가장 높은 자리에 둔 것은 바람은 자유를 품고 있기 때문이다. 자유란 더 이상 잃을 것이 없는 고독한 상태를 뜻하지만 바람이 그물에 걸리지 않듯이 거리낄 게 없다.

풍류의 본질이 바로 여기에 있다. 플란넬 바지에 실크셔츠를 걸치고 바람맞이 언덕에 서 보면 사랑이 무엇인지를 어렴풋이 느낄 수 있다. 인간은 온몸으로 바람을 맞아 봐야 진정한 자유가 무엇인지 그 꼬리라도 잡을 수 있다.

명우 제임스 딘이 미국의 캘리포니아 고속도로를 무한질주하다 스물넷이란 젊은 나이에 바람으로 사라진 것도, 베를린 필하모니의 지휘자 카라얀이 여가 있을 때마다 포르셰 골프 등 자신의 스포츠카로 한적한 시골길을 시속 240킬로미터로 달리면서 스피드를 즐긴 것도 그들은 바람을 통해 대자유의 꿈을 실현하려 했던 서양의 화랑들이었기 때문이다. 화랑도의 정신을 풍류도라 부른 까닭도 명산대천에서 만나는 바람이 지니는 자유정신을 흠모했기 때문이다.

인류의, 아니 이 지구상의 우수마발을 제외한 모든 살아 있는 것들의 최대 쾌감은 오르가즘이다. 그 오르가즘은 에고의 소멸에서 온다고 한다. 에고의 소멸은 바람에서 온다고 하니 바람은 분명 예사 물건이 아니다.

오르가즘을 느낄 정도가 되면 몸에 소름이 돋는 행복감이 갑자기 또는 서서히 아랫배에서부터 올라온다. 옛 어른들이 매를 날리고 말을 타고 술을 마시고 심지어 돌을 어루만지던 것도 그들만의 오르가즘을 위해 그렇게 한 것은 혹시 아닐까. 인도의 요기들은 인체의 네번째 챠크라를 '아나하타 챠크라'라고 부른다. 그것은 눈에 보이지 않고 그물에 걸리지 않지만 분명하게 실체가 있는 바람의 작용을 느끼는 경지이다. 그들은 명상할 때 '아나하타 챠크라'에 들면 가슴이 열리는 것을 알게 된다고 한다.

예부터 지리산에는 바람처럼 떠돌다 바람처럼 사라진 이들이 많았다. 지금도 바람의 뼈대를 쥐기만 하면 그걸로 칼을 만들려는 젊은이들이 산자락을 떠돌고 있다. 우선 우천(宇天) 허만수가 그렇다. 그는 30여 년을 중산리에 살면서 초기 지리산 등산로를 개척했다. 그리고 나이 일흔에 이르러선 그의 시신을 남에게 보이기 싫어 스스로 어느 계곡으로 들어가 구름 속의 신선이 된 사람이다. 지금도 그가 어디로 숨어 들어갔는지 바람만 알 뿐 아무도 모른다.

또 있다. 바람이 모는 할리데이비슨이란 오토바이를 타고 지리산을 종횡무진 달리는 이원규란 시인이 있다. 서울에서 잘 나가던 직장도 팽개치고 이곳으로 들어온 시인은 요즘은 오토바이도 버리고 실상사의 도법(道法) 수경(收耕) 스님과 함께 짧게는 3년, 길게는 5년 계획으로 탁발 순례를 하고 있는 중이다. 이들은 우리나라의 방방곡곡을 걸어 다니면서 자신들을 바람 속에 한없이 풀어 놓으면서 바람이 전하는 높은 뜻을 전한다는 게 목적이다. 자유인의 참 모습들이다. 시인이 쓴 '독거(獨居)'라는 시 한 편을 읽어 보자.

남들 출근할 때/ 섬진강 청둥오리 떼와 더불어/ 물수제비를 날린다 /남들 머리 싸매고 일할 때/ 낮잠을 자다 지겨우면/ 선유동 계곡에 들어가 탁족을 한다/ 미안하지만 남들 바삐 출장 갈 때/ 오토바이를 타고 전국 일주를 하고,/ 정말이지 미안하지만/ 남들 야근할 때/ 대나무 평상 모기장 속에서/ 촛불을 켜놓고 작설차를 마시고,/ 남들 일 중독에 빠져 있을 때/ 나는 일 없이 심심한 시를 쓴다/ 가끔 굶거나 조금 외로워하는 것일 뿐./ 사실은 하나도 미안하지 않지만/ 내게 일이 있다면 그것은 노는 것이다/ 일하는 것이 곧 죄일 때/ 그저 노는 것은 얼마나 정당한가!/ 스스로 위로하며 치하하며/ 섬진강 산 그림자 위로/ 다시 물수제비를 날린다/ 이미 젖은 돌은 더 이상 젖지 않는다.

올해 마흔 초반인 시인은 도시에서 일상을 보내고 있는 우리보다야 분명 한 수 위다. 그러나 그의 시를 읽어 보면 그가 '아나하타 챠크라'의 경지에는 이르지 못한 것 같다. 그물에 걸리지 않는 게 바람인데 그의 시심은 그물코에 걸려 쩔쩔매고 있다. 한 경지의 고수는 타인과 비교하거나 비교되는 것을 싫어하기 마련인데 그는 끊임없이 안달하며 스스로를 타인과 비교하고 있다. 진짜 고수의 시한 편 읽어 보자. 서른다섯으로 요절한 덕종의 맏아들인 월산대군의 시다. 그는 누구를 기다리지도 그리워하지도 않으며, 빈 배 홀로 저어 가고 있다. 오! 정말, 세 라 비.

추강에 밤이 드니 물결이 차노매라
낚시 드리우니 고기 아니 무노매라
무심한 달빛만 싣고 빈 배 저어 오노매라.

꽃이 지는 아침은 울고 싶어라

은퇴를 하면 서럽다. 은퇴(retirement)라는 단어는 '퇴직' 외에도 '고독'이나 '외부와의 차단된 시간'이란 뜻을 지니고 있으니 단어 자체가 서글프다.

현실적으론 매달 들어오던 봉급이 들어오지 않고, 사회적 끗발이 전만 같지 않고, 경조사 때 꼭 와야 할 사람이 오지 않고, 그것보다 가족들의 태도가 달라지기도 한다. 이렇게 드러나는 현상들은 '으레 그러려니' 하고 참을 수가 있다. 그런데 문제는 마음속에서 일고 있는 찬바람은 정말 다스리기가 힘들다.

IMF 외환위기가 닥쳐 많은 사람들이 직장 밖으로 내몰렸을 때 수족관을 벗어난 물고기처럼 그들의 팔딱임은 처절하도록 가련했다. 조간신문 1면에 양복을 입은 퇴직자가 아침 산을 오르는 장면은 그가 우리 가족이 아니라 해도 보는 이마다 안타까워 목이 메었다. 요즘 젊은 직장인들 사이엔 구조조정에 따른 퇴출의 예비책으로 재력, 건강, 친구, 취미생활을 필수로 준비해야 된다는 말들을 하고 있다. 그러나 재력 갖추기가 어디 쉬운 일이며 건강과 취미도 노력 없이는 불가능한 것이므로 이 세상 살아가기가 만만찮다는 이야기다.

재력, 건강 등 백수의 요건을 완벽하게 갖춰 화백(화려한 백수)의 경지에 올랐다 해도 문제가 끝난 것은 아니다. 숨어 우는 바람소리 같은 쓸쓸함과 마음속에서 일고 있는 회오리바람 같은 '외로움'을 이길 재간 없이는 백수라는 이름의 무서운 밤바다를 혼자 건너기는 어려울 것이다.

옛 시조 한 수 읽어 보자. 이름이 밝혀져 있지 않은 시인은 얼마나 외로웠으면 '만학청봉에 외사립 닫고 꽃 지는데도 졸고 있는 개를 보며' 이 시를 지었을까.

내 집이 길치인 양하여 두견이 낮에 운다
만학청봉에 외사립 닫았는데
개조차 짖을 일 없어 꽃 지는 데 조오더라.

월여 전 어느 문학잡지에서 '외로움'을 주제로 산문 한 편 써 달라는 청탁을 받았다. 사실 외로움은 내게 있어 동안거에 든 스님의 화두보다 더 절실한 것이어서 원고지 스물 몇 장을 단숨에 써 버렸다. 남들이 보면 그렇지 않을 텐데 글을 써 보니 온통 '외로움'

에 푹 젖어 있었고 속은 무엇이 그렇게 그리운지 그리움으로 까맣
게 타 버린 것 같았다.

글의 끝부분을 이렇게 썼다. "이제 외로움을 이기기 위해 다시
길 떠나게 되면 산부인과 의사인 친구에게 청진기 하나를 빌려 카
메라 대신 그걸 메고 나설 참이다. 바람맞이 언덕에 홀로 서 있는
등 굽은 소나무는 얼마나 외로운지, 해바라기와 달맞이꽃은 무엇
이 그렇게 그리워 해와 달을 끊임없이 쫓아다니는지, 나무와 풀꽃
들의 상심한 야윈 가슴에 청진기를 대 볼 것이다. 그래서 나의 외로
움이 그들 풀꽃들의 그리움을 능가하는지를 한번 재 볼 작정이
다."

산촌에 눈이 오니 돌길이 묻혔에라
시비를 열지 마라 날 찾을 이 뉘 있으랴
밤중만 일편명월이 긔 벗인가 하노라.
— 신흠의 시조

무릇 사람은 사람과 더불어 살아야 한다. 더불어 살지 못할 때는
외롭게 혼자 살아야 한다. 꽃 지는데도 졸고 있는 개를 보며 시나
쓰고, 툇마루를 반쯤 비추는 명월과 벗하여 상대 없는 바둑을 혼자
둬야 한다. 지는 꽃이나 외로운 사람은 어차피 동족이다.

꽃이 지기로소니/ 바람을 탓하랴/ 주렴 밖에 성긴 별이/ 하나 둘 스러지

고/ 귀촉도 울음 뒤에/ 머언 산이 다가서다/ 촛불을 꺼야 하리/ 꽃이 지는데/ 꽃 지는 그림자/ 뜰에 어리어/ 하이얀 미닫이가/ 우련 붉어라/ 묻혀서 사는 이의/ 고운 마음을/ 아는 이 있을까/ 저어하노니/ 꽃이 지는 아침은/ 울고 싶어라.

— 조지훈의 시 「낙화」

맹자가 내게 밥 먹여 주데

"풍류는 가난뱅이가 즐길 물건이 아니다"라고 단호하게 말 한 적이 있다. 지난해 「풍류별곡」이란 짧은 글 한 편을 쓰면서 깊이 생각하지 못한 탓으로 그렇게 말해 버린 게 새삼 후회가 된다.

풍류는 점잖을 벗어나 난봉으로 들어가는 길목에 존재하는 것이지만 그렇게 속되지도 않고 그렇다고 성스럽지도 않다. 풍류는 가난뱅이가 즐길 물건이 아니며 그렇다고 부자라고 쉽게 소유할 물건이 아니다. 풍류는 배워서 당대에 이뤄지는 학문도 아니다. 그것은 어쩌면 '피의 소리'이기도 하고 '끼의 맥박'이기도 하고, 나아가서 '기질의 숨결'이기도 하다. 풍류의 매체는 술이다. 술 없이는 풍류를 논할 수가 없다. 술은 시며 소설이며 수필이다.

내가 무심코 뱉은 말을 수정해야 할 이유가 생겼다. 조선조 정조 때 사람인 책벌레 이덕무(1741-1793)가 쓴 『간서치전』을 훑어보다

가 '가난 속에서도 능히 풍류를 즐길 수 있겠구나'라는 결론에 이른
것이다. 아름다움을 찾아가는 학문인 예술이 어찌 문학, 미술, 음악
등에만 존재하고 학문의 문이 어찌 인문, 사회, 자연과학 등에만 달
려 있겠는가. 따라서 풍류도 이를 즐기려는 사람의 마음과 신명에 달
려 있는 것이지 신분의 고하나 직업의 귀천, 나아가서 가난과 부귀에
도 전혀 영향을 받지 않는다는 것을 늦게야 알게 됐다.

> 내 집에 좋은 물건이라곤 『맹자』 일곱 편뿐인데 오랜 굶주림을 견딜
> 길 없어 이백 전에 팔아 밥을 지어 배불리 먹었소. 희희낙락하며 영재
> 유득공에게 달려가 크게 뽐내었소. 그도 굶은 지가 오래여서 내 말을
> 듣더니 그 자리에서 '좌씨전'을 팔아 남은 돈으로 술을 받아와 나에게
> 마시게 했소. 이 어찌 맹자가 몸소 밥을 지어 나를 먹여 주고 좌씨가 손
> 수 술을 따라 내게 권하는 것과 무에 다르겠소. 책 읽어 부귀를 구한다
> 는 것은 모두 요행의 꾀일 뿐이오. 곧장 팔아 치워 한 번 거나하게 취하
> 고 배불리 먹는 것이 훨씬 낫소. 아아! 그대의 생각은 어떻소.

이덕무가 이서구(1754–1825)에게 보낸 편지다. 그는 『맹자』를
저당 잡힌 돈으로 가족들이 배불리 먹었다. 그러고는 그 기쁨을 참
지 못해 친구네 집을 찾아가 "여보게! 오늘은 맹자가 내게 밥을 먹
여 주데"라고 고함을 친다. 얼마나 즐거웠으면 그랬을까. 오랜 가
뭄 끝에 들리는 처마 끝의 낙숫물 소리, 내 논 물꼬에 물 들어가는
소리, 밥상에 밥 차리느라 젓가락 놓는 소리보다 밥이 한 발짝 더

가까운 식구들의 목구멍에 밥 넘어가는 소리를 듣는 이 즐거움. 세상에서 들을 수 있는 아름다운 소리 중에서 이 소리를 제치고 왕 중 왕을 차지할 다른 소리가 감히 있을 수 있을까.

이서구도 보통사람은 아니다. 주린 창자가 '밥'이란 소리를 듣는 것만으로도 황홀할 지경인데 그는 한 술 더 떠 '술'에 용기를 낸다. 아끼던 『좌씨전』을 전당포에 주고 쌀을 팔고 남은 돈으로 막걸리를 받아와 친구에게 따라 준다. 얼마나 맛있었을까. 술이 고파 보지 않은 사람은 아무도 그 맛을 모르리라. 이만한 풍류가 세상 어딘가에 남아 있었다니.

나도 『철학개론』 『문화사개론』 따위의 책을 몽땅 잡히고 술을 마신 적이 있다. 대학 일학년 때. 친구 여럿과 희한한 골목의 목로주점엘 간 적이 있다. 친구들에 비해 술이 약한 내가 꼴아 떨어져 술값 볼모로 잡히고 말았다. 통금 시절 하룻밤을 꼬박 붙잡혀 있어도 돈 나올 기미가 없자 주인은 가방 속의 책과 누님이 공작실로 떠준 스웨터를 벗겨 버렸다. 책 없는 겨울은 버틸 수 있어도 홑옷뿐인 겨울은 몹시 추웠다. 젠장 정말 추웠다, 그해 겨울.

이덕무도 추운 겨울을 호호 입김으로 버틴 시절이 있었다. 열 손가락이 동상에 걸려 손끝이 밤톨처럼 부풀어도 책을 빌려달라는 편지를 썼던 그였다. 풍열로 눈병에 걸려 눈을 뜰 수가 없었는데도 실눈으로 책을 읽은 책벌레였다. 그는 생애중에 수만 권의 책을 읽었고, 손수 베낀 책만도 수백 권이었다.

을유년 겨울 공부방이 추워 뜰아래 띳집으로 거처를 옮겼다. 거기도 벽에 언 얼음이 뺨을 비추고 햇살이 비치면 쌓였던 눈이 녹아 스며들었다. 석 달간 이곳에 머물면서 세 번의 큰 눈을 겪었다. 눈이 올 때마다 이웃의 키 작은 영감이 대빗자루를 들고 찾아와 얼어 죽지나 않았는지를 살펴보곤 했다. 홑이불만 덮고 자다가 얼어 죽을 것만 같아서 『논어』를 병풍처럼 늘어 세워 웃풍을 막고 『한서』를 이불 위에 물고기 비늘처럼 잇대어 덮고서야 얼어 죽기를 면할 수 있었다.

이덕무는 어머니와 누이도 영양실조 끝에 폐병으로 떠나 보냈다. 그는 처참할 정도로 가난했지만 신념을 잃지 않았으며, 항상 지식에 목말라 했던 진정한 선비였다.

차라리 백 리 걸음 힘들더라도
굽은 나무 아래선 쉴 수가 없고
비록 사흘을 굶을지언정
기우숙한 쑥은 먹을 수가 없네.
— 이덕무가 지은 『송유민보전』에 실려 있는 두준지의 시

매화가 얼어 죽을까봐

이인상은 조선조 영조 때 선비다. 호는 능호관(凌壺觀), 자는 원령(元靈)이다. 그는 매우 가난했지만 평생 동안 풍류를 잊지 않고 아름다운 삶을 살다 간 사람이다. 그는 무주택자로 떠돌이 신세였다.

서른세 살 때 친구인 송문흠과 신소가 삼천 냥을 주고 남산 기슭에 아주 작은 초옥을 마련해 주었다. 드나들 때 문설주에 이마가 받힐 정도였다. 이인상은 생전 처음 갖는 집이어서 감회가 남달랐다. 이 집은 남쪽의 작은 창을 열면 남산의 중봉이 보이고 북창으로는 한양의 등줄기가 보였다. 그는 이 집의 훌륭함을 '삼신산의 하나인 방호산을 능가하는 경관'이란 뜻으로 능호시관(凌壺之觀)이라 했고 이때부터 자신의 호를 능호관으로 불렀다.

능호관은 삼절이라 불릴 만큼 시서화에 능했고 품성은 맑고 강직했다. 살 집은 가까스로 마련됐지만 땔나무가 없었다. 그 해 겨울 단 한 분뿐인 매화나무가 얼어 죽기에 이르렀다. 매화가 꽃망울을 터트릴 때까지 송문흠의 집에 겨울나기로 보냈다가 이듬해 정월 송오도(松梧圖) 한 폭을 사례로 그려 주고 찾아와 책으로 둘러싸 추위를 막아 주었다. 그의 나이 마흔여덟 살 때 부인 장씨가 별세하자 애도사에서 "숙인은 애써 나를 도우셨습니다. 굶주렸지만 내 책을 팔지 않았으며 아무리 추워도 책을 불 때지 않았습니다"라면서 슬퍼했다.

책과 난을 사랑한 능호관의 선비정신은 후학들에게 능히 모범이 될 만하다. 능호관은 서울에 살면서 무려 1백여 명의 인사들과 교우하며 글과 그림으로 친분을 쌓았다. 그의 벗 중에는 서대문 반송지 옆에 살았던 이윤영이 첫 손가락에 꼽힌다. 이윤영 외에도 벼슬을 멀리하고 학문에만 힘쓴 송문흠, 김무택 그리고 신소 등과 열심히 어울렸다.

이들은 한결같이 시서화에 능한 문장가 또는 서예가들이었다. 특히 이윤영은 서지(西池)로 통칭되던 반송지 부근에 정자를 짓고 이인상, 김상묵 등 가까운 문사들과 글 모임을 만들었다. 여름에는 서지의 연꽃을 꽃병에 꽂아 완상했고, 겨울엔 잘라낸 얼음 덩어리 가운데 촛불을 밝혀두고 이를 '빙등조빈연(氷燈照賓筵)'이라 불렀다. 빙등에 불 밝힘은 "항상 깨어 있으라"는 뜻으로 양 미간 사이에 서슬 푸른 칼날을 갖다대듯 자기 성찰을 의미하는 것은 아닐까.

선비들의 이런 풍류와 낭만은 어디서 오는 걸까. 타고 났을까,

아니면 어릴 적부터 길렀을까.

　맑은 달이 구름 끝에 나오니
　밝은 빛이 높은 누각에 가득 차네
　누웠다 일어나 발을 걷고 앉으니
　바람은 조용한데 꽃은 저절로 떨어지네.

이 시는 능호관이 열일곱 살 때 지은 「야좌(夜坐)」라는 시다. 아주 옅지만 염세적 기운을 풍기는 시적 이미지나 살 속의 뼈가 훤히 비치는 그림 속 문기(文氣)는 가난과 서출이란 그의 태생과 상당한 관계를 맺고 있다. 그는 인조 때 영의정을 지낸 백강 이경여의 고손자로 태어났지만 증조부가 백강의 서자였기에 그도 서출이란 멍에에서 벗어날 수 없었다. 당대가 아닌 원대 서출인 것이 그나마 다행이었다.

병약한 몸으로 태어난 능호관은 신분상의 핸디캡을 극복하기 위해 오로지 시서화에만 매달렸다. 그의 그림과 글씨 수준은 진경산수에서 겸재 정선, 풍속화의 단원 김홍도, 문인화에서 능호관 이인상이라 할 정도로 높은 경지에 올랐다. 성질이 괴팍하고 감식안이 까다로워 특히 서화에서 문자향(文字香)과 서권기(書卷氣)를 최고의 덕목으로 치던 추사 김정희도 스승인 중국의 옹방강에게 능호관의 그림을 선물로 보낼 정도였다. 그의 그림은 "그윽하면서도 깎아지른 듯 삼엄하며 화법은 독특하면서 막힘이 없어 산뜻하고 시원하다. 그의 작품 앞에 서면 이마에 일진광풍이 스치고 지나는 듯 청량하고 고담하면서도 맑고 스산스러운 문기 때문에 마음이 조촐하게 가다듬어진다"는 게 후세 미술사가들의 평이다.

능호관은 서른여덟 살 때 요즘 우체국장 격인 사근역(지금 함양)의 찰방이 되어 만 2년 동안 근무한 적이 있다. 그는 공직에 충실하기 위해 부임하면서 그려 두었던 산수화를 모두 불살라 버렸다. 그러나 임기를 마친 후 음죽(지금 장호원) 현감으로 부임할 때까지 1년이란 공백 기간중에는 쓸쓸한 강변 풍경을 많이 그렸다.

가을에 이르도록 찾아오는 벗도 없고
청소해 놓은 깨끗한 방만 바라본다네
게으른 구름은 늙은이의 흥을 씻어가고
떨어진 낙엽은 허명을 쓸어 가네.

능호관은 음죽 현감직 2년을 마친 후 친구인 이윤영이 은거하고 있던 단양으로 내려가 만년을 의탁하려 했으나 그것마저 쉽지 않았다. 결국 음죽현에서 5리 떨어진 설성에 은거처를 마련하여 마지막 예술혼을 불태우다 쉰한 살로 생을 마감했다. 그의 임종은 '병국(病菊)'이란 제목의 고개 떨구고 서 있는 국화 한 송이가 "남계에서 어느 겨울날 병든 국화를 우연히 그리다"란 능호관이 직접 쓴 관지를 달고 가만히 지켜보고 있었다.

3.

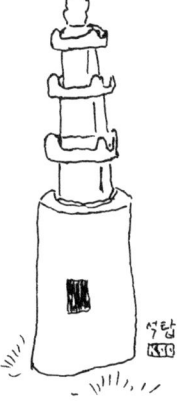

간밤에 자고 간 그놈 못 잊겠네

여름은 더우니까 아무 일도 되는 게 없다. 아니다. 어떤 일도 안 되는 게 없다. 날씨가 더우면 우선 짜증이 난다. 짜증은 궁리를 불러온다. 궁리는 불가능한 것을 가능케 한다. 이 짜증나는 무더위 속 불가해한 긴 터널을 빠져나오기 위해서는 상당한 인내와 지혜가 필요하다. 세상의 모든 새로운 이론은 짜증과 궁리의 계절인 여름에 그 가설을 세우지 않았을까.

"남들은 모두들 덥다며 괴로워하지만, 나는야 길고 긴 여름날이 사랑스럽네(人皆苦炎熱 我愛夏日長)"라는 청나라 때 시인 장조(張潮)의 여름 예찬이 아주 절묘한 위안이 된다. 시인은 여름이야말로 책 읽기에 가장 좋은 계절이라며 칭송을 늘어놓는다. 사실 나도 여름을 즐기고 있다. "더위를 즐기고 있다"면 건방지달까 봐 "덥다 덥다"고 소릴 지르고 다니지만 참뜻은 여름 속으로 달려 들어가 우린 하나가 되어 관능을 탐하는 쾌락처럼 그걸 즐기고 있다.

이번 여름에는 아무데도 가지 않고 집에서 버티고 있다. 일주일에 두어 번 산 숲을 다녀오는 일 외엔 가슴과 등에 땀 지렁이를 키우며 희희낙락하고 있다. 여름 한낮에 시를 읽는 일은 아주 멋진 일이다. 어느 계절엔들 싫을 수가 없지만 특히 찌는 무더위 속에서 쪽박 샘물 맛 같은 시 한 수를 읽다 보면 그 맛을 무엇에 비할 수가 없다. 나는 요즘 연애시를 읽으며 여름을 나고 있다. 아니다. 여름에 보채고 있다. 시를 사랑하다 보니 무더위까지 사랑하게 됐나 보다. 이 세상에 사랑보다 더 귀한 물건은 다시 없음으로.

간밤에 자고 간 그놈 아마도 못 잊겠다/ 와야놈의 아들인지 진흙에 뽐내듯이/ 두더지 영식인지 꿈꿈이 뒤지듯이/ 사공의 성녕인지 상앗대 지르듯이/ 평생에 처음이요 흉측히도 얄궂어라/ 전후에 나도 무던히 겪었으되/ 참 맹세 간밤 그놈은 차마 못 잊을까 하노라.
— 작자 미상

이렇게 솔직할 수가 또 있을까. "기와장이 아들인지 두더지 새끼인지 능숙한 사공인지 진흙을 이겨대듯 들쑤시며 상앗대 내젓는 그 솜씨, 난 정말 못 잊겠네"로 요약할 수 있는 조선시대의 사설시조 한편은 포르노 영화보다 훨씬 멋지다.

이 시조를 읽고 있으니 문득 고향집 옆집에 살았던 양자 엄마가 생각난다. 그녀는 일 잘하는 양자 아비와의 사이에 예쁜 딸을 둘이나 둔 여염집 아녀자였다. 그런데 일 년에 한두 번쯤 우리 동네를 스쳐 지나가는 노름꾼과 눈이 맞았다. 그 노름꾼은 이문열의 단편 소설 「익명의 섬」에 나오는 남자 주인공 '깨철이'거나 아니면 두메산골 과붓집을 일 년에 한 번쯤 들러 소금과 새우젓 그리고 과 수댁이 절실히 필요로 하는 성욕까지 해결해 주는 보부상이거나 그 것도 아니면 메디슨 카운티의 다리에 나오는 클린트 이스트우드처 럼 생긴 좌우지간 허우대 멀쩡한 그럴싸한 남정네였다.

양자 엄마와 노름꾼이 어떻게 만나 어디서 무엇을 했는지 과정 은 생략하고 결론부터 얘기하자. 양자 엄마는 노름꾼을 만난 지 열 달 만에 떡두꺼비 같은 사내아이를 낳았다. 이 사실은 양자 아비는 눈치를 챘겠지만 뒷감당이 두려워 꿀 한 술 떠먹지도 못한 벙어리 처럼 묵묵부답으로 마음속의 고통을 인내하고 있었다. 그런데 일 은 다른 곳에서 터지고 말았다. 동리 끝집 탱자나무집에 살고 있는 별명이 '탱자'인 처녀가 양자 엄마와 비슷한 시기에 아비 모르는 사내아이를 낳았던 것이다. 동네에선 야단이 났다. 알고 보니 양자 엄마가 낳은 아이와 탱자가 낳은 아이는 밭만 다를 뿐 씨가 같은 한 형제였던 것이다. 탱자만 입을 다물고 있었으면 양자 엄마의 부정 은 그냥 넘어 갈 수도 있었다. 그런데 그 노름꾼의 발설로 비밀을 알고 있던 탱자는 미혼모로서 동리 사람들의 손가락질을 혼자 받는 다는 게 너무 억울하여 "양자 엄마 귀도 당나귀 귀"하고 소리를 질러 버렸다. 장소는 우리 집 동쪽 공동 우물가였다. 두 사람이 물길러 나왔다가 우연히 마주쳤다. "애기는 잘 커나?" 양자 엄마의 안부가 화근이었다. "와요. 내가 형님이라 부를까요?" 탱자의 뼈 있는 대꾸였다. "거기 무슨 말이고" "나는 다 알고 있구마." 이런 대화가 오간 후 둘은 머리채를 잡고 늘어졌다.

두 사마리아 여인의 소문은 금세 골목을 타고 번져 나갔다. 내 어린 시절의 어느 겨울, 우리 동네를 떠돌던 노름꾼 아니 크린트 이스트우드가 두 여자의 몸과 마음을 피할 수 없게 사로잡을 수 있었던 것은 큰 불질을 할 줄 아는 포수였거나 아니면 대도(大盜)였으리라. 앞에 적어 둔 사설시조에 숨어 있는 '간밤에 자고 간 그놈'처럼 실력이라 해야 하나 아님 기술이라 해야 하나 어쨌든 대단한 솜씨를 가진 위인인 것 같다. 그런데 양자 엄마도 탱자도 그 노름꾼을 한 번도 미워하거나 욕하지 않았다. 두 사마리아 여인의 속내가 어떠했는지는 잘 모르겠지만 미뤄 짐작하건대 그를 그리워하는 정이 깊었으리라. 시인 최승자의 「Y를 위하여」란 시가 두 여인의 마음을 대변할 것 같다.

너는 날 버렸지
이젠 헤어지자고
너는 날 버렸지
산속에서 바닷가에서
나는 날 버렸지

수술대 위에 다리를 벌리고 누웠을 때
시멘트 지붕을 뚫고 하늘이 보이고
날아가는 새들의 폐벽에 가득 찬 공기도 보였어

하나 둘 셋 넷 다섯도 못 넘기고
지붕도 하늘도 새도 보이잖고
그러나 난 죽으면서 보았어
나와 내 아이가 이 도시의 시궁창 속으로 시궁창 속으로
세월의 자궁 속으로 한없이 흘러가던 것을
그때부터야
나는 이 지상에 한 무덤으로 누워 하늘을 바라고
나의 아이는 하늘을 날아다닌다
올챙이꼬리 같은 지느러미를 달고
나쁜 놈, 난 널 죽여 버리고 말 거야

널 내 속에서 다시 낳고야 말 거야
내 아이는 드센 바람에 불려 지상에 떨어지면
내 무덤 속에서 몇 달간 따스하게 지내다
또 다시 떠나가지 저 차가운 하늘 바다로
올챙이꼬리 같은 지느러미를 달고
오 개새끼
못 잊어!

반나절토록 부끄럽게 한 연밥 한 톨

연꽃은 부처님 방석 밑이나 석탑의 받침돌에 앙련 또는 복련으로 새겨지는 성화(聖花)지만 출신은 미천하다. 이전투구의 진흙밭이 고향이다. 그러나 꽃은 아주 고귀하다. 쓰레기더미에서 피어난 장미보다 더 아름답고 고상하다. 연꽃이 선남선녀들 사이에 뛰어들면 연애수사학을 꽃 피우는 등불이 되고 연잎이 누룩과 고두밥이 한데 얼려 뽀글거리는 술단지에 담가지면 연엽주라는 풍류로 변신한다. 연당 주위의 연향은 보이지 않는 구름처럼 떠돌아다니며 피곤에 지친 이들에게 삶의 의욕을 북돋아 주는 묘약 구실을 하게 된다. 한 시간 동안 코로 깊이 들이마시는 연향은 보약 한 첩 달여 먹는 효과보다 낫다고 한다.

가을 맑고 긴 호수에 벽옥 같은 물결에/ 연꽃 깊은 곳에 목란배 매여 있네/ 낭군을 만나 물을 사이에 두고 연밥을 던지다가/ 멀리 사람들이 알아채 버려 반나절토록 부끄러워하네.

— 허난설헌의 시 「채련곡」

중국의 주렴계라는 시인은 연꽃을 좋아하여 「애련설(愛蓮說)」이란 글을 쓴 적이 있다. 그는 연꽃의 특징을 군자에 비유했다. "진흙에 나서 물들지 않고(出淤泥而不染) 맑은 물결에 씻기면서도 요염하지 않고(濯淸漣而不妖) 가운데는 통하고 밖은 곧으며(中通外直) 넝쿨도 없고 가지도 없으며(不蔓不枝) 향은 멀리 가면서 더욱 맑아진다(香遠益淸)."

연꽃은 삼복 무더위의 짜증을 씻어 주는 여름 보석이다. 배롱나무가 피워 낸 백일홍도 더위에 지친 심신을 느긋하게 풀어 주는 역할을 하지만 연당에 피어 있는 기품 어린 연꽃에 비할 바는 아니다. 연꽃은 푸른 연잎에 둘러싸여 수줍은 듯 피어 있지만 절대로 부끄러운 꽃이 아니다. 고개를 숙이지 않고 꼿꼿하게 서 있는 오만이 사람들의 편견을 오히려 주눅이 들게 만든다.

여름 한철, 연꽃 구경하기에 가장 좋은 곳이 강릉 선교장의 활래정 앞 연당이다. 제법 너른 연못에 정말 수줍은 듯 피어 있는 홍련들이 불어오는 바람에 코끼리 귀같이 생긴 잎들을 너울대며 군무를 추는 모습이라니. 그리고 가슴 깊숙이 스며드는 연향의 프러포즈, 그것은 간밤의 추억 같은 열 손가락에 가득 묻어 있는 연인의 머릿내음보다 훨씬 더 강렬한 것.

몇 년 만에 한 번씩 나는 그곳에 간다. 사방 문을 처마 밑으로 들어올려 확 트인 활래정(活來亭) 마루에 이름이 활(活)인 내가 앉는다. 선교장 동북쪽을 휘감고 있는 5백 년 된 소나무 숲 사이를 뚫고 불어오는 바람을 맞으며 연꽃을 보고 연향을 맡는다. '활이가 와야 비로소 완성되는 정자'인 이곳 활래정에 오기만 하면 나이도 잊고 세월도 잊는다. 이곳에서 옛 어른들을 상상 속에서 만나 많은 얘기들을 주고받는다. 활래정은 마치 내 소유인 것처럼 느껴지는 마음의 정자다.

대구 근교에 활래정 연당에 버금갈 만한 곳이 있다. 대구시 달성군 하빈면 묘동 속칭 파회마을 고 박병규 선생(서예가) 고가에 가면 하엽정(荷葉亭)이란 정자 앞에 백 평은 실히 되는 연당이 있다. 십수 년 전 이곳을 지나다가 강한 연향에 이끌려 들어갔다가 고인의 아들인 박도덕 씨를 만난 적이 있다. 그의 얘기인즉 "연은 꽃도 꽃이지만 연잎으로 술을 담근 연엽주가 기가 찬다"고 했다. 누룩과 고두밥 사이에 연잎을 켜켜로 넣어두고 한 며칠 지나면 술이 익게 된다. 시인 목월이 "술 익는 마을마다 타는 저녁 놀"이라 했듯 술 익는 소리보다 더 아름다운 소리는 이 세상에는 없다.

활래정 주인은 닭을 연잎에 싸서 황토를 발라 장작불로 구운 연엽닭 맛을 일품으로 치지만 하엽정 주인은 "은근하면서도 연향이 짙은 연엽주 맛은 어느 술과도 비교할 수 없다"고 자랑이 대단하다. 황토 연엽으로 구운 닭다리 하나를 굵은 소금에 꾹 찍어 연엽주 한 잔 했으면 소원이 없겠는데 아직 나는 그 맛을 모르고 이렇게 세월만 보내고 있다.

저 아름다운 연밥 따는 처녀여
횡당 물가에 배를 매었네
말위의 사나이를 부끄러이 보다가
웃으면서 연꽃 속으로 들어가버리네.
— 홍만종의 시 「채련곡」

하엽정을 다녀온 뒤 '파회마을의 연엽주'란 제목으로 글을 쓴 적이 있다.

시방 가을은 깊어 가는데 지난여름 연엽주의 기억을 도저히 지울 수가 없다. 연꽃의 향기가 진한 그리움의 내음이라면 연엽주 또한 그리운 사람이 그리운 사람을 그리워할 때 마셔야 할 술이 아닐는지. 오, 연엽주여. 그리운 사람이여.

'남자는 도둑'이란 해묵은 이야기

그리움이 병이 되어 그 병으로 목숨을 놓은 여인이 있다. 그녀는 여염집 여자가 아니다. 전북 부안에 살았던 기생이다. 이름은 매창. 그녀는 '그리움에 지쳐서 울다 지쳐서' 죽은 사백 년 전의 동백 아가씨인 셈이다. 기다리다 지쳐 죽은 그녀의 슬픔은 어느 정도였을까.

사랑다운 사랑 한 번 제대로 해보지 못한 사람으로선 감히 넘볼 수 없는 처절한 경지, 말로서는 다 할 수 없는 그런 아득한 경지, 대충 그런 정도라고 짐작해 볼 수밖에 다른 도리가 없다. 낡은 노트에서 끄집어낸 시 한 편을 읽으며 임을 떠나 보낸 매창의 타는 마음을 유추 짐작해 본다.

> 그 읍에는 닷새마다 우시장이 선다/ 아래 장터엔 땅거미가 일찍 지고/ 팔려가는 송아지와 팔려가지 못한 어미 소가/ 물끄러미 바라보며 눈 끔벅인다/ 목울대에 덜컥 걸리는 서산 노을이 붉다.
> — 장하빈의 시 「어떤 별리」

우시장에 나온 어미 소가 젖꼭지 주변을 맴도는 새끼를 떠나 보내며 눈물 삼키는 눈 끔벅임. 말 못하는 소의 슬픔은 서산 노을까지 '목울대로 덜컥' 내려앉히고 만다. 이는 육체의 고통이 아니라 영혼의 슬픔이다.

매창의 슬픔과 고통이 어미 소의 그것과 비슷했을까. 아마 그랬을 것이다. 목울대가 덜컥 걸리는 하늘의 정전! 매창은 기생이었지만 몸을 함부로 굴리는 그런 여자는 아니었다. 그녀가 열아홉 살 때 마흔일곱인 당대 최고 시인 유희경을 만나 서로가 첫눈에 반한다. 매창은 유희경의 명성에, 희경은 매창의 시와 거문고에 마음이 홀려 백두음도 읊지 않고 이불 속으로 빨려 들어가 버린다. 서울 시인의 하룻밤 추억은 시골 기생의 평생 그리움으로 각인되는 밤이다. 술상을 앞에 놓고 서로 거는 수작이 재미있다.

"봉래산 북쪽에 흰 눈이 쌓여/ 매화꽃 피기가 마냥 더디오/ 봄이 오면 일찌감치 피어나련만/ 그 꽃을 어느 누가 보아 주리오" 하고 매창이 거문고 가락에 시 한 수를 읊자 희경이 금세 화답한다. "일찍이 남국이 계랑 이름 들리어/ 시와 노래로 서울까지 올렸도다/ 오늘에야 그대 모습 대하고 보니/ 선녀가 지상에 내려온 것만 같구나."

여인을 꼬실 때는 찬사보다 더 좋은 처방이 없고 그녀를 눕힐 때는 다이아몬드보다 더 좋은 명약이 없다. 바람둥이 재벌 총수가 미스코리아 출신 아나운서를 호릴 때도 찬사와 다이아몬드 귀걸이였다는 풍문이 소문만은 아닌 것 같다. 그래도 매창의 수작은 모델의 누드처럼 당당하지만 희경의 프러포즈는 어쩐지 잡지의 표지처럼 통속하다. 차라리 "넌 선녀, 난 나무꾼. 까꿍"이라 했으면 천진스럽기나 하지.

다음날 아침. 둘은 길을 나선다. 봄꽃이 만발한 내소사 코스. 절을 품고 있는 능가산 능선은 누가 꽃물 들이다 남은 붉은 물을 쏟아부은 것처럼 진달래가 술 취한 붉은 얼굴로 노랠 부르고 춤을 추며 야단이다. 그 속을 걷고 있는 연인들의 마음도 꽃에서 옮겨 온 붉은 색깔로 물들여져 주변 풍광이 풍경으로 보이지 않는다. 오로지 간밤에 있었던 아름다운 행위들이 아련한 그리움으로 바뀌어 머릿속에서 뱅뱅 돌 뿐이다.

꿈같은 세월. 연인들이 찾아다닌 봉래구곡 속의 직소폭포를 비롯한 옥녀봉, 선인봉, 쌍선봉 등의 비경은 제쳐두더라도 변산반도의 채석강과 그 주변의 갯벌 그리고 서해로 빠져드는 쇳물을 끓여 붓는 듯한 장려한 낙조를 보며 그들의 끓어서 넘치던 열정과 사랑을 비교해 보았으리라. 그러나 사랑은 잠시, 화려했던 기억도 잠깐. 이별의 순간은 예고 없이 닥쳐 온다. 사실 열화 같은 사랑은 기립박수와 비슷하다. 좀처럼 멎을 것 같지 않던 갈채도 무대 인사 몇 번이면 끝이 난다. 그것은 이영선 시인이 「12월」이란 시에서 "꺾이는 것은 한순간이라고/ 사는 게 다 그런 거라고/ 들녘을 가로질러 가던 겨울이/ 내게 한 수 일러준다"고 귀띔해 준다.

　두 사람의 사랑 잔치를 시샘하는 대사건이 터진다. 1592년 4월 임진왜란이 발발한 것이다. 희경은 국난 소식을 접하자 허겁지겁 서울로 올라갈 준비를 서두른다. 매창은 "하룻밤만 더 묵고 가라"고 매달리지만 소용없는 일. 그 길로 희경은 떠나고 매창은 잠시 불빛 밝았던 공규(空閨)의 안주인으로 돌아간다. 그 방이 고독의 심연일 줄이야. 매창은 그 방에 앉아 달도 때론 빛이 꺾이며 한 달도 반으로 꺾이면 보름이듯 꺾이는 것은 무릎이 아니라 마음'이란 걸 알게 된다. 그녀는 희경이 떠나고 난 빈방에서 그 유명한 절창 "이화우(梨花雨) 흩날릴 제 울며 잡고 이별한 임/ 추풍낙엽에 저도 나를 생각는지/ 천리에 외로운 꿈만 오락가락하더라"는 시를 읊는다. 서울로 간 희경은 시 한 편을 보내 온다.

　　그대 집은 부안에 있고
　　내 집은 서울에 있어
　　그리움 사무쳐도 서로 보지 못하고
　　오동나무에 비 뿌릴 젠 애가 끊겨라.

　사랑의 전설은 여기서 끝난다. "남자는 늑대, 남자는 도둑놈"이란 얘기는 오래 전부터 있어 왔던 이야기인데 그 해묵은 얘기를 아직도 하고 다니는 매창 같은 아름다운 여인이 더러 있다는군.

그리운 임 품에 품고

'베트남 처녀와 결혼하세요' 시골길을 달리다 보면 동네 입구마다 이런 현수막이 걸려 있다. 경상도 지역은 물론이고 멀리 전라도와 충청도에도 사정은 마찬가진 듯하다. 농촌 청년들이 장가들 처녀를 구할 수가 없어 궁여지책으로 베트남, 필리핀, 방글라데시 등 동남아 지역에서 처녀를 수입해 오는 모양이다. 정상적인 수입 루트를 통해 정당한 가격을 지불하고 원하는 신부를 얻을 수만 있다면 그나마 다행일 터인데 사정은 그렇지 않은 것 같다. 사기꾼들이 처음 사진과는 전혀 다른 처녀를 데리고 와 일이 성사되지 않으면 피해 보상을 물리기도 한다니 정말 기가 막힌다. 이럭저럭 드는 비용도 천만 원을 웃돌 정도라니 농촌 현실에 비해 부담은 너무 과중하다. 옛날에는 어땠을까. 사설시조 한 수를 읽어 보자.

반 여든에 첫 계집을 하니 어렷 두렷

죽을 뻔 살 뻔 하다가 와당탕 드리다라 이리저리 하니
노도령의 마음 홍글 항글
진실로 이 자미 아돗던들 길 적부터 할랏다.
— 이정보의 시조

마흔 살에 처음으로 사랑놀이를 해보니 맛이 기가 막혔나 보다.
정말로 이 재미를 미리 알았다면 기어 다닐 적부터 했을 것이라고
읊은 걸 보니 그 옛날에도 가진 것 없는 노총각들이 신부감 구하기
가 쉽지 않았나 보다. 사대부들은 처첩을 수두룩하게 거느리고도
기방의 기생들까지 수시로 건드렸으니 세상은 예나 지금이나 고르
지 않기는 매양 한가지다.

지금 우리나라의 남녀 성비는 115대 100 정도로 균형이 깨진 지
오래다. 유치원과 초등학교 교실에는 짝꿍이 없는 남자 아이들이
숱하게 많다. 앞으로 몇 십 년이 지나도 처녀를 수입해 와야 하는
비상사태는 계속될 전망이다.

처녀 부족 현상의 근본 원인은 남아선호사상이란 해묵은 관습이
첫째 주범이며, 둘째는 태아의 성별을 미리 알려 주는 산부인과 의
사들의 상식 밖의 잘못을 지적하지 않을 수 없다. 원래 하나님은 집
집미다 아들딸을 골고루 배정해 주셨다. 더러 피곤에 지쳤을 땐 칠
공주 팔 선녀를 내리는 실수를 범하기도 하지만 그런대로 균형을
유지해 왔다.

위의 시조에 비치는 노총각은 사대부들이 처녀들을 독차지해 버려 반 여든이 될 때까지 계집 천신을 못한 게 아니라 인물, 금전 등 신부를 맞을 준비가 다른 사람들보다 덜 되어 있었기 때문일 게다.

자, 그러면 왜 남자는 여자를 원하며 여자는 남자를 원하는 것일까. 사람들은 여자가 있어야 대를 이을 자식을 낳을 수 있고 여자를 얻으면 부족한 일손도 해결된다는 것을 이유로 들고 있다. 그러나 실은 '홍걸 항걸 재미'가 더 우선이 아닐까. 그래서 옛 어른들이 아이들을 향해 손가락질하며 '좋다가 남은 나머지'라는 농을 했을까.

문자를 모르는 원시인들도 벽화에 성생활을 그림으로 그렸다. 남근숭배(phallicism)사상은 풍요와 다산을 의미하는 것 외에 현실 속의 성을 적나라하게 보여줌으로써 애욕을 증가시키거나 아니면 모자라는 성을 그것으로 카타르시스하는 방법으로 사용했으리라.

내게 소중한 그대여
그대의 달콤함에 빠져버렸다오
그대 앞에 떨고 있는 나를 침실로 데려가 주오.

인류 최초의 연시(戀詩)로 알려져 있는 이 시는 4천 년 전 메소포타미아 지역의 수메르인이 지은 것이다. 성은 동서고금을 통해 이렇게 값지고 귀한 것으로 다뤄졌으니 요즘 농촌 마을 입구에 나붙어 있는 현수막의 글귀까지도 내겐 연시로 보인다.

강원도 삼척 신남리 해신당에서 정월 보름에 남근을 깎아 바치는 제사도 남근숭배라는 은밀한 성속(性俗)을 마을 단위로 확대 재편하여 모두가 즐기는 행사로 굳힌 것이다. 성에 관한 한 개방적인 신라인들은 성애 장면을 멋지게 묘사한 토우를 만들어 돌려가며 보았으며, 경주에선 궁중에서 사용한 것으로 보이는 남근목이 넉 점이나 출토되기도 했다. 그래서 "신라인들은 이상세계를 먼 데 설정하지 않고 현실의 삶 속에 그들의 이상향을 추구했으며 성을 자연스레 표현한 것도 그런 맥락"이라고 학자들은 보고 있다. 우리나라는 경제도 부익부 빈익빈이요, 성도 부익부 빈익빈이다. 타개책은 정치를 잘하는 길밖에 없는데 요즘 정치는 도대체 믿을 수가 없다. 농촌 노총각들이 신라인들처럼 현실 속에 소박한 꿈을 이뤄 그리운 임을 품에 품고 살 수는 없을까.

오늘도 저물어 가네/ 저물면 새리로다/ 새면 님 가리로다/ 가면 못 보려니/ 못 보면 그리우려니/ 그리우면 병들려니/ 병들면 못 살리로다/ 병들어 못살 줄 알면/ 자고 간들 어떠리.

술 익는 마을마다 타는 저녁놀

우리 동네 목욕탕 한쪽 구석 '벼름박'에 '지란지교를 꿈꾸며'란 제목의 글 한 편이 액자로 걸려 있다. 목욕탕에 갈 때마다 그 글을 읽고 또 읽으며 내 딴에는 아주 깊은 생각의 골짜기를 헤매곤 한다. 선방에서 면벽 가부좌하고 풀리지 않는 화두를 들고 씨름하는 선승처럼 나도 낡은 액자 앞에 앉아 '진아(眞我)'를 찾아 길을 나선다. 그러니까 그 목욕탕은 나의 도량이자 토굴 선방인 셈이다.

저녁을 먹고 나서 허물없이 찾아가 차 한 잔 마시고 싶다고 말할 수 있는 친구가 있었으면 좋겠다. 비 오는 오후나 눈 내리는 밤에 고무신을 끌고 찾아가도 좋을 그런 친구. 밤늦도록 공허한 마음도 마음 놓고 보일 수 있고 악의 없이 남의 얘기를 주고받고도 말 날까 걱정되지 않는 친구가⋯ 사람이 자기 아내나 남편 제 자식하고만 사랑을 나눈다면 어찌 행복해질 수 있으랴. 영원이 없을수록 영원을 꿈꾸도록 서로 돕는 진실한 친구가 필요하리라.

액자 밑에 쭈그리고 앉아 곰곰 생각해 본다. 나는 이런 친구를 가졌는가. 막연하지만 있긴 있는 것 같은데 막상 이름을 대 보라면 선뜻 댈 이름이 떠오르지 않는다. 없는 것이다. 단연코 '없다'고 말하려니 내가 너무 비참하고, '있다'고 우기려니 양심을 속이는 것이다. 선방의 스님들이 들고 있는 화두가 좀처럼 풀리지 않는 것처럼 내가 쥐고 있는 '친구'라는 이 화두도 풀릴 기미가 없다. '친구'도 '견성성불'만치나 어렵다. 몸과 마음 그리고 가진 것 모두 던질 각오 없이 '이기'를 앞세운 '깁 앤 테이크' 방식의 친구 사귐은 상거래와 다를 바 없을 뿐 진정한 우정이 아니란 결론에 도달한다.

염주 대신 손목에 차고 있던 열쇠로 옷장을 열면서 비스듬히 걸려 있는 액자를 치어다보면 그 속에 든 낱말들이 한꺼번에 온갖 수선을 떨며 내려와 내 몸을 꼬집으며 "내일 와서 다시 찬찬히 읽어 보고 어서 성불하도록 해."라고 말하는 것 같다. 입 속으로 중얼거린다. "친구, 그래 친구라…"

청록파 시인 목월과 지훈은 다섯 살 차이다. 그들은 친구다. 지훈은 복사꽃이 피어 있는데도 진눈깨비가 뿌리는 희한한 어느 흐드러진 봄날, 목월을 찾아 경주로 내려온다. 둘은 석굴암을 오르기 위해 불국사에 들러 갖고 온 찬 술을 나무 그늘에서 나눠 마시고 그 취기로 지훈이 한기가 들어 재채기를 한다. 형뻘인 목월은 입고 있던 봄 외투를 벗어 오한으로 얼어 있는 지훈의 가슴을 따습게 데워 준다.

지훈은 보름 동안 경주에 머물면서 목월과 함께 안강 자옥산 기슭 옥산서원 독락당에 방 하나를 얻어 그동안 밀려 있던 이야기보따리 끈을 풀어 헤친다. 세상에 관한, 시에 관한, 그리고 그들의 진로에 관한 수많은 얘기들을 나눴으리라.

차운산 바위 위에/ 하늘은 멀어 산새가 구슬피 울음 운다// 구름 흘러 가는/ 물길은 칠 백리// 나그네 긴 소매 꽃잎에 젖어/ 술 익는 강마을의 저녁노을이여// 이 밤 자면 저 마을에/ 꽃은 지리라// 다정하고 한 많음도 병인 양하여/ 달빛 아래 고요히 흔들리며 가노니….
— 조지훈의 시 「완화삼」 전문

경주 여행을 마치고 집이 있는 영양 주실 마을로 돌아간 지훈은 완화삼(玩花衫)이란 시를 써 '목월에게'란 부제를 달아 경주로 보낸다. 지훈은 산새 소리, 유장한 강 물길, 저녁노을, 낙화의 슬픔 등 애잔한 이미지를 안주할 곳 없는 나그네와 결합시켜 유랑과 한 그리고 애수가 적절히 가미된 명시로 탄생시킨다. 목월이란 친구가 없었다면 이 시가 세상에 나올 수 있었을까. 친구는 바로 이런 것이다. '가고 옴'이 친구 사이에서 서로의 이익을 위한 형태로 이뤄질 때 그것은 천박하기 짝이 없는 일이지만 목월과 지훈에게서 완성된 시의 '주고받음'은 우리 문학사에 영원히 빛나는 금자탑으로 기억될 것이다.

  강나루 건너서/ 밀밭 길을// 구름에 달 가듯이/ 가는 나그네// 길은 외
줄기/ 남도 삼백 리// 술 익는 마을마다/ 타는 저녁놀// 구름에 달 가듯
이/ 가는 나그네.
— 박목월의 시 「나그네」 전문

  목월은 지훈에게서 '완화삼'이란 시를 받고 바로 엎드려 '나그
네'란 시를 쓴다. 그는 이 시의 표제 옆에 '−술 익는 마을의 저녁
노을이여− 지훈에게'라고 쓰고 이를 주실 마을로 올려 보낸다. 지
훈이 보내온 시의 답 시로 쓰인 '나그네'는 '완화삼'의 이미지와
비슷하지만 절제되고 표백된 간결미는 아주 특출하다. 그래서 이
시는 "우리나라 낭만시의 최고"라는 칭송을 받는다. 목월에게 지
훈이라는 친구가 없었다면 이 시, 역시 탄생하지 못했을 것이다. 친
구는 그래서 위대하다.

  세상에는 세 종류의 친구가 있다고 한다. 꽃과 같은, 저울과 같
은, 산과 같은 친구가 이들 유형이다. 꽃과 같은 친구는 지고 나면
돌아보지 않고, 저울은 이익을 먼저 따져 무거운 쪽으로 기운다고
한다. 그런데 산과 같은 친구는 생각만 해도 마음이 든든하고, 한결
같은 마음이 변하지 않는다고 한다.

  이 글을 쓰고 난 다음 액자가 걸려 있는 나의 토굴 선방인 목욕
탕으로 달려가야겠다. 풀리지 않는 화두를 쥐고 끙끙대는 나를 보

고 이죽거리던 액자 속 낱말들 앞에서 "나는 꽃과 저울과 같은 변덕스런 친구가 되지 말고, 산과 같이 아무리 큰 힘으로 움직여도 꿈쩍하지 않는 그런 친구가 될 것을 굳게 맹세 한다 "는 선서를 운동장 단상에서 오른손을 번쩍 치켜든 선수대표처럼 그렇게 외쳐야겠다. 그런데, 그런데 말이다. 그게 맘먹은 대로 잘될까 몰라, 그게 정말로 걱정이네.

산에 누워 하늘 이불 덮고

세계에서 가장 비싼 와인을 76년째 만들고 있는 프랑스 명장이 우리나라에 온 적이 있다. 장 피에르 무엑스 사의 사장 크리스티앙 무엑스 씨. 무엑스 사는 가업 대대로 내려오는 비법대로 3대째 최고 품질의 포도주만을 생산하는 와인 명가. 가격은 무려 한 병에 400만 원을 호가 한다니 포도주 한 병을 마시기 위해 쌀 30가마 값을 지불해야 한다.

장 피에르의 아들인 크리스티앙 무엑스 씨는 "나는 와인을 좋아하는 만치 중국의 시인 이백을 좋아한다"면서 특히 "흠뻑 취할 정도로 술을 마시고 들판에 누워 별을 바라보니 세상에 그보다 더한 행복은 없네!"라는 시를 좋아한다고 했다. 그러면서 그는 "시인이 아직 살아 있어 와인을 맛볼 기회가 있다면 와인에 대한 시도 분명 썼을 것"이라고 했다.

무엑스 사장은 인수 당시 20종이 넘는 페트뤼스 와인을 임원들의 반대에도 불구하고 10종으로 줄여 단순화했다. 이유는 최상의 품질을 유지하기 위해서다. 남동생과 함께 선대로부터 회사를 물려받은 그는 이백과 같은 멋있는 현대의 풍류꾼들의 입맛에 맞는 술이 어떤 것일까를 항상 생각하며 포도주를 빚는다고 했다. 그가 좋아하는 이백의 시 「우인회숙(友人會宿)」을 읽어 보자.

천고에 쌓인 시름 씻어나 보고져/ 내리닫이 백 병의 술을 마신다/ 이 밤이 좋은 시간 우리 정담이나 나누세/ 휘영청 달까지 밝아진 잠을 잘 수도 없지 않은가/ 얼큰히 취해서 텅 빈 산에 벌렁 누우니/ 하늘과 땅이 바로 이불이고 베개로다.

태양은 음악과 미술 속에 녹아 인류에게 아름다움을 선사하고 있다. 해는 이태리 가곡 「오 솔레 미오」에도 담겨 있고 반 고흐의 캔버스 속에서도 이글거리며 타 오르고 있다. 반면에 달은 문학 속에 더 많이 녹아 사람들의 마음속에 숨어 흐르는 끼를 충동질하고 가만히 앉아 있는 풍류를 일으켜 세워 뚜벅뚜벅 걸어가게 만든다. 그래서 나는 해보다 달이 더 좋다. 이백도 희대의 풍류꾼이어서 그런지는 몰라도 어느 누구보다도 달을 좋아하고 사랑했다. 허기야 그의 죽음도 조각배를 타고 술을 마시면서 머리 위에 떠 있는 달을 잡으려다 물에 빠져 죽었다는 속설이 전해지고 있을 정도다.

꽃밭 가운데 술 항아리/ 함께 할 사람 없어 혼자 마신다/ 술잔 들어 밝은 달 모셔오니/ 그림자까지 셋이 되었구나/ 그러나 달은 술 마실 줄 모르고/ 그림자 또한 그저 내 몸 따라 움직일 뿐/ 그런 대로 달과 그림자 짝하여서라도/ 이 봄 가기 전에 즐겨나 보세/ 내가 노래하면 달 서성이고/ 내가 춤을 추면 그림자 어지러이 움직인다/ 깨어 있을 때에는 함께 즐기지만/ 취하고 나면 또 제각기 흩어져 가겠지/ 아무렴 우리끼리의 이 우정 길이 맺어/ 이다음엔 은하수 저쪽에서 다시 만나세.

— 이백의 시 「월하독작」

술항아리를 들고 꽃밭 속으로 들어가 자리를 잡는 것만으로도 별천지일터인데 술잔 들어 달을 부르고 그림자까지 채근하여 셋이 함께 술을 마시는 이 풍류. 그러면서 이승에서 못다 마신 술은 은하수 건너 저승에서 다시 만나 슬카장('싫도록'의 고어) 노닐자고 했으니 어느 누가 시인의 가없는 흥취를 따라 갈 수 있으랴. 그래서 와인의 명인 무엑스 사장도 "이백의 입맛에 맞는 와인을 만드는 것이 목표"라고 하지 않았나 싶다.

연전까지만 해도 음력 보름을 전후해서 친구 몇몇과 야간산행에 나서곤 했다. 정말 교교한 달빛이 숲길을 비추고 솔잎 사이사이로 배어드는 묘한 향기는 '솔향'인지 '월향'인지를 분간하기 어렵다. '월' 자가 들어 있는 낱말 잇기 놀이도 산행을 지루하지 않게 하는 심심풀이 동무로는 안성맞춤이다. 월하미인, 월악산, 월출산, 월광곡, 농월정, 간월암, 월정사, 월포리, 월송정까지 나오다 말문이 막히면 월탄 박종화가 나오자 웃음보가 터져 나온다. 달은 이렇게 신선하고 감미롭다. 이윽고 능선에 이르러 쉼터인 너럭바위 위에 자리를 잡는다. 각자 조금씩 짊어지고 온 술과 안주를 끄집어내니 청하지 않았는데도 달이 먼저 와 아는 체 하면서 잔을 내민다. 주거니 받거니 흥취가 도도하다.

술을 마시느라 저무는 줄 몰랐더니
옷자락에 수북한 떨어진 꽃잎
취한 걸음 달빛 시내 따라 걸으니
새도 사람도 보이지 않네.
— 이백의 시 「홀로 가는 길」

하산 길에 뒤를 돌아보니 앉아 놀던 자리는 짙은 실루엣으로 하늘선이 선명하다. 문득 '너럭바위 위에서 사랑을 한 번 나눠 봤으면…' 하는 생각이 섬광처럼 지나갔다. 휘영청 밝은 달빛이 저지른 특별한 수작임이 분명하다.

얼음 구멍에 든 찬 숭늉 맛

내 친구 중에 두엇은 술을 아무리 마셔도 속이 쓰리지 않는 진짜 술꾼들이다. 늦게까지 마셔도 한숨 자고 일어나면 '언제 마셨느냐?'는 듯 거뜬하다. 숙취를 모르는 그들은 매일 마셔도 술로 인한 화는 별로 당하지 않은 채 건강한 삶을 살고 있다.

그들의 생활 습관을 찬찬히 들여다보면 어느 누구보다 부지런하고 남들보다 훨씬 많이 움직인다. 운동을 많이 한다는 말이다. 여름이고 겨울이고 간에 새벽 일찍 일어나 두 시간 정도 산행을 한다. 친구들은 "오래 살려고 애쓰지 말고 많은 시간을 깨어 있도록 노력하면 그것이 장수하는 길"이라고 말하면서 "비결은 수탉이 홰치며 울기 전에 내가 먼저 일어나는 방법뿐"이라고 설명한다.

술 먹고 취한 후에 얼음 구멍에 찬 숭늉과
새벽에 님 가려거든 고쳐 안고 잠든 맛과
세간의 이 두 재미는 남이 알까 하노라.

— 작자 미상

두 친구 얘기를 하다 보니 갑자기 이른 새벽에 마시는 시원한 찬물 맛이 추억처럼 아련하다. 그리고 연상 작용으로 지은이가 누군지도 모르는 씹을수록 감칠맛 나는 이 시조가 읊조려진다. "술 취한 새벽에 윗목을 더듬는 손끝에 얼음 숭늉이 집힌다거나, 가겠다는 임 고쳐 안고 잠든 맛이라니…정말 미쳐." 승려 의상과 함께 당나라로 향하던 원효 스님은 잠결에 더듬거리던 손끝에 만져진 해골바가지 속 빗물 한 모금을 마시고 크게 깨달은 후 유학을 포기하고 신라로 돌아온 일화도 이 시조가 시사하는 범주에서 크게 벗어나지 않는다. 서부영화의 장고처럼 '돌아온 원효'는 결국 요석궁의 귀빈이 되어 '공주를 고쳐 안고 잠든 지아비'가 되지 않았던가. '술 취한 후 찬 숭늉 맛'과 '임 고쳐 안고 잠든 맛' 이 두 가지를 두고 사람들은 불가분의 관계라고 말한다. 다시 말하면 주색(酒色)은 붙어 다녀야만 빛을 발하는 그 원리를 말함이다.

꿈에 왔던 임이 깨어 보니 간 데 없네
탐탐히 괴던 사랑 날 버리고 어디 간고
꿈속이 허사랄망정 자로나 뵈게 하여라.
— 박효관의 시조

내 친구의 아버지는 윗대 선조들에게 물려받은 재산을 들쳐 업고 일찍 집을 나가셨다. 어른의 집 나감을 가출이라 해야 하나 출가라 해야 하나. 친구가 중학교 2학년 때 출가(?)한 아버님은 찬 숭늉 맛과 '고쳐 안고 잠든 맛'을 숱하게 즐기다가 청춘을 몽땅 소진하고 말았다. 친구는 고학으로 대학을 마쳤고 교사가 되었다. 출가 어른은 이춘풍전의 춘풍이처럼 논밭 판 돈으로 데리고 놀던 기생의 집에서 눈이나 쓸어내는 마당쇠가 되어버렸다. 그후 아버님은 여기저기를 전전하다 마지막에는 서울 변두리 어느 교회의 종치는 집사가 되어 생을 끝마치셨다.

친구는 교회로부터 "아버지가 새벽종을 치다 돌아가셨다"는 연락을 받고 한달음에 달려가 대성통곡을 했다고 한다. 건전한 생활 속에서 간간히 일곤 하는 회오리바람 같은 풍류 끼는 정말 좋다. 그것은 멋이자 다른 한편으로 보면 삶의 활력소이기도 하다. 그러나 풍류가 도를 넘어 '점잔'의 문턱을 벗어나 '난봉'으로 진입하면 자칫 이춘풍 사찰 집사처럼 새벽종을 칠 수도 있다.

곡구롱(꾀꼬리) 우는 소리에 낮잠 깨어 일어보니
작은 아들 글 읽고 며늘아기 베 찌는데
어린 손자 꽃놀이 한다
마초아 지어미 술 거르며 맛보라고 하더라.
— 오경화의 시조

이런 화목한 가정 속에 비치는 은은한 풍류. 우리 모두가 이렇게

121

살 수는 없는가. 연꽃 만나러 가는 바람처럼 간혹 아주 간혹 얼음 구멍에 든 찬 숭늉도 한 잔씩 마시는 객기도 부리면서 말이야.

오합혜 짚신과 산 꿩

옛 선비들은 먼 길을 떠날 때 여러 켤레의 짚신을 짊어지고 길을 떠 났다. 가야 할 행선지에 따라 다르겠지만 산길을 많이 걸어야 할 여 정이면 짚신의 밑바닥을 느슨하게 삼은 오합혜 짚신을 반드시 마련 했다. 튼튼하고 오래 신어도 해지지 않는 십합혜 짚신이 훨씬 실속 이 있었지만 굳이 오합혜를 고집한 것은 나름대로 이유가 있었다.

십합혜 짚신은 씨줄 열 개를 나란히 하여 짚으로 촘촘하게 날줄 을 넣은 것이어서 단단하고 질겼다. 그러나 오합혜는 다섯 개의 씨 줄에 날줄을 듬성듬성하게 엮은 것으로 보기에도 어설프고 수명 또 한 짧았다. 그런데 왜 선비들은 실용성을 외면하고 오합혜 짚신을 신고 산길을 오르내렸을까. 그것은 개미나 애벌레 같은 작은 벌레 들이 밟혀 죽지 않도록 하기 위해서 씨줄과 날줄 사이가 느슨한 짚 신을 신었던 것이다.

자연사랑은 흩어져 있는 쓰레기와 휴지 몇 장 줍는 것으로 완결

되지 않는다. 옛 선비들의 미물사랑 정신과 같이 정말 마음 깊은 곳에서 출발해야 한다. 아름다운 이 강토를 다 버려 놓고 난 다음에 뒤늦게 손을 쓰면 이미 때는 늦어 버린다. 출발해 버린 버스 뒤에서 손을 들고 서 있는 꼴이다.

> 시인이랍시고 종일 하얀 종이만 갉아먹던 나에게/ 작은 채마밭을 가꾸는 행복이 생겼다/ 내가 찾고 왕왕 벌레가 찾아/ 밭은 나와 벌레가 함께 쓰는 밥상이요 모임이 되었다/ 선비들의 정자(亭子) 모임처럼 그럴듯하게/ 벌레와 나의 공동 소유인 밭을 벌레시사(詩社)라 불러 주었다/ 나와 벌레는 한 젖을 먹는 관계요/ 나와 벌레는 무봉(無縫)의 푸른 구멍을 사랑하기 때문이다/ 우리의 유일한 노동은 단단한 턱으로 물렁물렁한 구멍을 만드는 일/ 꽃과 입과 문장의 숨통을 둥그렇게 터주는 일/ 한 올 한 올 다 끄집어 내면 환하고 푸르게 흩어지는 그늘의 잎맥들
> ― 문태준의 시 「벌레시사」

태풍에 이어 장마로 인한 강원도의 폭우 피해는 단순한 천재가 아니다. 돈을 노린 난개발이 가세한 인재가 더 큰 재난을 불러왔다고 한다. 뉴스를 보다가 미움과 원망이 커지고 부풀려지면서 치유 방법의 하나로 우리 옛 선비들의 자연사랑의 극치인 오합혜를 기억해 내고 이 장마 기간 내내 마음속으로 짚신을 삼고 있다.

천주교의 기도문 중에 '내 탓이로소이다'란 게 있다. '남을 탓하지 말라'는 말이다. 생각이 여기에까지 미치자 '오합혜 짚신'

에서 출발한 나의 '아침 명상'은 난개발을 자행한 '타인 원망'에서 급선회하여 '내 탓'으로 돌아와 더 이상 전진하지 않고 요지부동이다. 기어코 눈물의 참회를 받아 낼 참이다.

나는 여태까지 살아오면서 망나니짓을 너무 많이 해 왔다. 이런 글을 쓸 자격이 없는 사람이다. 옛 선비들이 오합혜 짚신을 신고 다녔던 산길을 무지막지한 사냥화를 신고 개미가 죽는지 지렁이가 밟혀 죽는지 모르고 내 재미에 취해 산을 오르내렸다. 사십대 초반부터 십이 년 동안 겨울 사냥 시즌이 열리기만 하면 산과 들로 달려나가 길짐승, 날짐승 등 무수한 생명을 총으로 잡아 구워 먹고 볶아 먹고 온갖 난리를 치고 다녔다. 새벽에 나가 해가 설핏 기울 때까지 엽장을 두루 뒤지며 돌아다녔다. 나는 그것이 사나이로 태어나 한 번쯤 해볼 만한 짓이며, 호기로운 풍류인 줄 알았다. 그러니까 공휴일과 주말 사냥을 통해 일 년에 평균 육칠십 마리의 꿩을 잡았다고 치면 그동안 내가 죽인 것들은 일천 마리에 가깝다.

내 죄를 내가 다 안다. 변명할 여지가 없다. 총알을 정통으로 맞아 현장에서 즉사한 짐승늘은 그래도 다행이다. 서투른 솜씨에 설맞은, 사냥 용어로 '하우치'된 꿩들은 있는 힘을 다해 숲속으로 달아나 고통 속에서 홀로 죽어가야 한다. 그 잔인했음을 어떻게 참회해야 할까.

사람들은 사냥을 듣기 좋은 말로 '헌팅 스포츠'라고 말한다. 그러나 총에 맞아 죽어야 하는 꿩의 입장에서 보면 이건 총살형이나 학살이지 다른 아무것도 아니다. 사냥은 재판 절차를 거치지 않고 사형을 집행하는 인간이 저지르는 만행이다.

내 사냥 행적이 십이 년 만에 끝난 것은 참으로 다행한 일이다. 미수의 나이로 2000년의 개막을 못 보고 돌아가신 어머니의 만류 때문이었다. 어느 저녁 어머니는 내 손을 잡더니 이렇게 말씀하셨다. "애비야, 꼭 들어줘야 할 부탁이 있다. 내가 죽거들랑 생물을 살상하는 사냥은 제발 하지 마라. 이것이 어미의 마지막 부탁이다." 나는 얼떨결에 "예, 그렇게 하지요"라고 대답은 했지만 사냥을 그만둘 생각은 추호도 없었다. 지금껏 살아오면서 나는 어머니의 부탁이나 애원을 제대로 들어준 적이 없는 불효였다. 이를테면 "공부 열심히 해라, 예배당에 열심히 다녀라, 거짓말 하지 마라" 등등. 그리고 나의 "예"라는 대답은 항상 건성이라는 걸 어머니는 너무 잘 알고 계셨다.

그해 오월, 어머니가 돌아가시고 몇 달 뒤 사냥철이 돌아왔다. '할 것인가 말 것인가(to be or not to be)' 햄릿 왕자의 고민을 내가 안고 끙끙거렸다. 결론을 내려야 했다. 생전 처음 어머니의 말씀을 잘 듣는 효자아들이 되기로 결심했다. 두 자루의 사냥총을 총포사로 들고 가 "이것 몽땅 팔아 주십시오." 그것으로 끝을 내고 말았다.

서른 둘 아까운 나이에 스키를 타다 불귀의 객이 된 캐나다의 시인 랜디 스톨만이 얼마나 자연을 사랑했는지 그의 시 「바람이 남긴 것」을 한 번 읽어 보자.

높은 산 중턱의 벌판을 걸어보라/ 키 큰 소나무 밑에 누워 하늘을 올려다보라/ 흐르는 강물을 무심코 바라보라/ 그리고 시간일랑은 말끔히 잊어버려라/ 하늘 높이 솟은 전나무 숲이 들려주는 소리를 들어보라/ 흐르는 개울물과 높은 산에 서 있는 나무들을 통해/ 뜨거운 여름의 햇살과 매서운 겨울의 추위를 느껴보라/ 아름다운 대지를 잠깐 지나치는 나그네인 양/ 계곡을 따라 걸으며 개울가에 가벼운 발자국만 남겨라.

그런데 고향 가까운 공원묘지에 쓸쓸히 누워 계시는 어머니에게 "어머니, 총을 없앴어요. 더 이상 산 짐승들을 잡지 않기로 했어요."라고 아뢰야 할 텐데 평소 행실만 생각하고 아들의 결심을 믿지 못하고 계실 어머니에게 전할 방법이 없다. 이번 추석 성묘 길에는 어디서 오합혜 짚신을 주문하여 그걸 신고, 산에 올라 "어머니, 어머니!"하고 소리쳐 불러 봐야겠다.

4

풍류는 쾌락이 아니다

살구꽃이 피면 새해 첫 모임을 갖는다. 복숭아꽃이 피면 꽃에 앉은 봄을 보기 위해 다시 모인다. 한 여름 참외가 익으면 여름을 즐기기 위해 한 번 만난다. 그것도 잠시, 서늘해지기 시작하여 서지(西池)에 핀 연꽃을 완상하기 위해 또 모인다. 가을이 깊어져 국화가 피면 서로 만나 얼굴을 보고 겨울에 들어 큰 눈이 내리면 다시 만난다. 한 해가 기울 무렵, 분에 심어둔 매화가 꽃망울을 터뜨리면 모두 모인다.

찔레꽃 필 때 다녀가고 도라지꽃 필 때 다녀간/ 저녁이 싸리 꽃 필 때도 다녀가고/ 오동꽃 필 때도 다녀갔음을/ 옛날에는 첫 치마 팔락이던 소녀/ 이제는 할마시가 되어 다녀갔음을…/ 내 다 안다/ 대빗자루로 쓴 마당에/ 손님처럼 다녀갔음을/ 풀꽃의 신발마다/ 이슬 한잔 부어 놓고 다녀갔음을/ 내일 다시 태어날 사람을 위해/ 들판 가득 달빛을 뿌려 놓고 다녀갔음을
　── 이기철의 시 「저녁이 다녀갔다」 중에서

세상에 이렇게 운치 있는 만남이 있었다니 참으로 아름다운 모임이다.

다산 정약용이 주도했던 열다섯 벗들이 만든 죽란시사(竹蘭詩社)의 모임 규칙이다. 모일 때는 붓과 벼루 그리고 안주를 갖춰 술을 마시며 담소를 나누고 시를 짓는다. 정기모임은 일 년에 일곱 번뿐이지만 비정기 모임도 더러 열린다. 누가 아들을 낳으면 모임을 마련하고 벼슬이 높아지면 축하하기 위해 모인다. 회원 중 수령으로 나가는 이가 있으면 만나고 자제가 과거에 급제하면 그 집에서 잔치를 벌인다.

> 밭은 나와 벌레가 함께 쓰는 밥상이요 모임이 되었다
> 선비들의 정자모임처럼 그럴듯하게
> 벌레와 나의 공동소유인 밭을 벌레시사라 불러 주었다.
> ― 문태준의 시 「벌레시사」 중에서

우리 옛 말 중에 '하루걸러'란 말과 '사흘돌이'란 말이 있다. '하루걸러'란 말은 일주일에 서너 번, '사흘돌이'는 일주일에 두 번을 뜻한다. 그러니까 죽란시사의 연중 모임 회수는 이럭저럭 열두 번은 넘었을 것이며, 풍을 좀 치면 '사흘돌이'로 만난 셈이 된다.

다산이 죽란을 만들 때는 유배 가기 전 정조로부터 총애를 받던 시절이었다. 요즘으로 치면 청와대에 진을 치고 있는 386세대의 리더 격에 해당될 것이다. 15명 회원 중에서 6명이 정조가 직접 뽑은

초계문신(抄啓文臣)이었으니 모임의 성격과 위상은 얼마나 귀족적이며 엘리트 의식이 강했는지는 짐작하고도 남는다.

다산을 비롯한 죽란 동인들도 요즘처럼 거들먹거리며 안하무인으로 설쳤을까. 아마 그랬을지도 모른다. 남 앞에서 뽐내고 싶은 교만심은 어쩔 수 없는 인간의 속성이기 때문에 주위 사람들로부터 눈살 찌푸리게 하는 일을 저질렀을 수도 있다. 그렇지만 '말을 보고 사슴'이라고 우기는 임금 앞에서 '맞습니다. 맞고요, 사슴이옵니다'라고는 말하지 않았을 것이다. 죽란은 대나무 난간을 의미한다. 다산은 심부름하느라 쫓아다니는 비복들의 옷깃에 스쳐 꽃들이 상처를 입을까봐 마당의 동북쪽으로 난간을 세워 이를 죽란이라 했다. 그리고 때 맞춰 찾아오는 선비들도 죽란을 거쳐 온다 하여 모임의 이름을 죽란시사라 했다.

죽란 안의 화단에는 금잔화, 산다(山茶), 파초, 은대화, 만향, 부용, 벽오동 등 당대의 선비들이 즐기는 나무와 꽃들이 심어져 있었다. 아무리 귀양 가기 전 정권의 실세로 군림하던 시절이었다고는 하나 근(勤)과 검(儉)을 평소의 생활신조로 삼고 있던 다산이기에 죽란시사의 만남 자체가 화려하고 사치스러운 모임은 아닌 것 같다. 죽란의 모임도 단순하게 꽃을 보거나 햇과일을 맛보자고 만난 건 아닐 게다. 북풍한설을 이기고 꽃으로 피어난 이치에서 우주의 신비를 느끼고 나목이 잎과 꽃을 피운 다음 열매를 맺는 자연 철리에서 생명의 영원성을 보았을 것이다. 그러니까 '한 알의 모래 속에 세계를 보듯'이 세상의 이치를 다산이 스스로 꿈꾸는 정치 현실에 대입해 보지 않았을까. 다산은 순자 왕제편(王制篇)에 있는 말을 기억하고 분명히 실천했을 것이다.

> 말이 수레에 놀라면 군자는 안전할 수 없고, 백성이 정치에 놀라면 군자는 그 지위에 편안히 있을 수 없다. 말이 수레에 놀라면 말을 안정시키는 것보다 더 좋은 것이 없고, 백성이 정치에 놀라면 그들에게 은혜를 베푸는 것보다 더 좋은 것이 없다.

그래서 다산은 "감히 놀고 즐기느라 거칠고 방탕하게 되어서는 안 될 것이다(罔敢游豫 以荒以逸)"란 좌우명을 보이지 않는 글씨로 새겨두고 끊임없이 자신을 채찍질하지 않았을까. 그리고 따르는 후학들에게 이를 가르쳐 임금을 모시는 신하로서 '수레에 탄 군자가 안전하게 정치를 할 수 있도록' 온갖 방법을 연구했던 것이다.

풍류는 사실 여럿이 모여서 먹고 마시고 노는 데서 나온다. 그러나 그 모임이 사치와 방탕으로 흘러선 안 된다. 다산의 죽란시사 동인들처럼 붓과 벼루를 들고 살구꽃 필 때 만나고, 연꽃 필 때 만나고, 큰 눈 올 때 만나 대화를 통해 세상을 아름답게 가꾸려 노력할 때 비로소 풍류는 솔가지 타는 순한 연기처럼 솔솔 피어날 것이다. 풍류는 절대로 쾌락이 아니다.

행화촌 주막에 가리라

창랑에 낚시 넣고 조대에 앉았으니

낙조청강에 빗소리 더욱 좋다

유지에 옥린을 꿰어 들고 행화촌에 가리라.

나는 이 시가 그냥 좋다. 해질 무렵에 강물 위에 동그라미를 그리며 떨어지는 빗소리를 들으니 문득 살구꽃 피는 마을 입구에 있는 주막에 가고 싶구나. 버들가지에 꿰어 온 낚은 고기를 주모에게 내어 준 후 막걸리 한 사발 들이키며 열무김치 한 입 가득 씹어 보는 그 맛. 조선조 인종 때 대사헌에 올랐던 송인수(1499~1547)의 시조다.

그는 벼슬자리에 있으면서 조정의 곳곳에 숨어 있는 간신배들을 대빗자루로 쓸어내는 개혁을 단행했다. 그러나 명종 원년 을사사화가 일어나면서 잔당들에게 역공을 당해 선영이 있는 청주로 낙향하여 두문불출로 세월을 보냈다. 이때 지은 시다. 그는 두 해 뒤 더 이상 행화촌에 나들이를 하지 못하고 생을 마감했다. 임금이 사약을 내렸기 때문이다.

세버들 가지 꺾어 낚은 고기 꿰어 들고
주가를 찾으러 단교를 건너가니
온 골에 행화 져 쌓이니 갈 길 몰라 하노라.

충절을 세워 청사를 빛낸 김상용, 김상헌 형제의 재종질인 김광욱의 시다. 선조 39년 문과에 급제한 후 벼슬이 형조판서를 거쳐 우참찬에 이르렀다. 용모와 행동이 단정하고 고아했으나 성격이 편협하여 교우가 넓지 못했다. 성리학의 태두인 회제 이언적과 퇴계 이황을 헐뜯는 당시의 실세 정인홍을 사정없이 몰아 붙인 강직한 선비였다. 그가 환생하여 오늘을 살고 있다면 이승만과 박정희 대통령을 역사 속에서 삭제하는 등 과거를 부정하는 노무현 정권의 참여정부 사람들이 많은 괴로움을 당했을지도 모를 일이다.

그는 도연명을 사모하여 공명부귀를 물리치고 강호에 파묻혀 낚싯대를 들고 일렁이는 유유자적하는 삶을 살다 떠났다. 버들가지 꺾어 잡은 고기 꿰어 들고 허물어진 다리 건너 주막 찾아 나섰더니 살구 꽃잎이 함박눈처럼 쌓여 여기가 어딘지 주모가 기다리는 목로 주점을 찾지 못하겠네. 참으로 감칠맛 나는 시다.

중국에선 유부녀가 외도하는 것을 '붉은 살구가 담장을 넘는다(紅杏出墻)'고 표현하는데 우리 옛 선비들이 행화촌을 즐겨 찾았던 건 담장을 넘는 살구를 줍기 위함은 아닌 것 같다. 어쨌든 민물 고기 조림 안주로 지는 해 배웅하는 석양 주 한 잔 했으면 좋겠네. 정말 좋겠네.

내 고향에는 '뒷방 아제'라는 중학교 국어 선생이 살고 있었다. 인근 도시에 가족이 있다는 소문은 돌았으나 별 내왕은 없는 듯 했다. 그는 학교에서 일찍 퇴근하는 날이면 대나무 낚싯대를 메고 강에서 피라미 낚시를 하여 다리 입구의 선술집에서 막걸리를 마시곤 했다.

비 오는 날이나 할 일이 없어 노는 날은 노래를 불렀다. '고향 무정'과 같은 고향을 그리워하는 노래인데 그는 고향이란 노랫말은 빼고 대신에 떠나버린 연인의 이름을 넣어 애달프게 부르곤 했다. "사랑하는 나의 혜련을 한 번 떠나 온 후에 날이 가고 달이 갈수록 내 맘속에 사무쳐 자나 깨나 너의 생각 잊을 수가 없구나." '뒷방 아제'는 술 취한 몸을 바지랑대가 서 있는 빨랫줄에 의지하여 흔들흔들 하면서 열 번이고 스무 번이고 계속 불러댔다. 특히 비 오는 날은 햇빛도 들어오지 않는 뒷방에 앉아 염불 외듯 그 노래를 흥얼거렸다. 동네 사람들은 노래 소리가 들리기만 하면 "또 병이 도졌네" 하고 손가락질을 했지만 나는 잃어버린 사랑을 그리워하는 '뒷방 아제'가 너무 가련하여 한 번도 본 적이 없는 혜련이가 미워지기도 했다.

대학 이학년 봄이었나. 마침 토요일이어서 대구에서 오후 한 시 열차를 타고 고향역에 내려 방천 둑길을 따라 집으로 돌아오는데 낚싯대를 둘러메고 강으로 나가는 '뒷방 아제'를 만났다. "고기 잡으러 나가십니까?" "그래, 맨날." 오후의 햇살 속에 선연하게 드러나는 그의 걸음걸이는 슬픈 눈빛의 명배우 몽고메리 크리프트 를 흉내 내는 듯 축 처진 어깨가 우수의 요령을 흔들며 지나가는 것 같았다. 그날 그가 걸어가는 둑길에는 살구꽃이 아닌 벚꽃들이 축 구 경기장의 함성처럼 환하게 피어 있었다. 내게 있어 '뒷방 아 제'의 이미지는 그날 이후 '행화촌 아제'로 바뀌었다.

청명날 보슬보슬 이슬비 내려
길을 가는 나그네 찢기는 마음
목동아 쉬어 갈 주막은 어디에
가리키는 멀리 살구꽃 마을
— 두목(杜牧)의 시

허리하학 강의

「오우가」「어부사시」로 널리 알려진 고산 윤선도도 나이 쉰 살 무렵에 성폭행 소문으로 구설수에 오른 적이 있다. 고산은 결국 이 일로 반대 세력인 서인의 모함으로 경북 영덕으로 귀양을 갔다가 1년 만에 겨우 풀려났다. 그러니까 남자의 허리하학에 관한 일은 로맨스와 스캔들 사이를 왔다갔다 하는 야누스의 얼굴과 같은 요물이다. 그것이 관대하게 처리될 때도 있지만 잘못 걸리면 관직 박탈, 귀양 등 정치생명이 끝장나는 수가 흔히 있다.

조선 인조 11년에 병자호란이 일어났다. 청 태종이 직접 나선 전쟁은 조신의 완패로 쉽게 결론 나버렸다. 해남에 머물고 있던 고산은 노비 수백 명을 무장시켜 배를 타고 강화도로 향했다. 항해 도중 강화도가 함락되었단 패전 소식을 들은 고산은 뱃머리를 남으로 돌렸다. 강화도 부근 어느 포구에서 다시 남쪽으로 내려올 준비를 할 때 동서인 이희안의 노비 세 사람 중 늙은 계집종의 어린 딸이 고산의 눈에 들었다. 배에 태워 첩으로 삼았다. 나중 고산의 서자 학관의 어미가 된 어린 처녀의 당시 나이는 열대여섯 살쯤 되었을까. 이런 정보를 전해 들은 서인들이 가만히 있질 않았다.

마마, 해남의 윤선도는 전쟁으로 온갖 고초를 겪은 상감께 문안 인사조차 오지 않았습니다. 조정 군사가 패했다는 소식을 듣고 그냥 돌아갔다 하옵니다. 게다가 강화까지 왔다가 피난중인 어린 처녀를 강제로 배에 싣고 첩으로 삼았다 하옵니다.

이른바 고산의 성폭행 사건의 전말이다. 인조도 서인들의 상소를 보니 일리가 있는 것 같아 귀양 결정에 이의를 달지 못하고 고개를 끄덕이고 말았다.

『정본능엄경』을 보면 이런 구절이 나온다. "화류암(花柳岩) 전(前)에 활로(滑路)가 다(多)하니 행인(行人)이 도차(到此)에 진차타(盡蹉?)라!" 쉬운 말로 바꾸면 "화류암이란 바위 앞에는 미끄러운 길이 많아 지나가는 행인이 여기에 이르면 너나없이 모두 발을 헛디뎌 넘어지고 만다." 그러니까 똑똑한 벼슬아치이자 대시인인 고산도 예쁘장하게 생긴 노비의 어린 딸로 위장되어 있는 화류암 앞을 지나다 홀라당 미끄러져 육신의 자유가 제약받는 수모를 당했던 것이다.

당시의 사대부들은 노비나 노복의 딸을 첩으로 삼는 것은 예사요, 심지어 성의 노리개로 이용했어도 종들은 항의 한 번 하지 못했다. 시대의 관습이나 시속이 설사 그렇다고 하더라도 양반 주인이란 권위와 위세로 상대가 원하지 않는 성행위를 강요한 것은 분명 인륜에 어긋나는 것이다. 그래서 고산은 서인들의 질책과 탄핵을 이겨내지 못했던 것이다.

『홍길동전』을 쓴 교산 허균도 천하의 난봉꾼이다. 그는 1597년 문과중시에 장원급제하여 이듬해 강원도 도사로 나갔다. 부임하자마자 서울의 기생들을 불러 놀아나다 6개월 만에 파직당했다. 끓는 피를 참지 못하던 허균이지만 여행중 객고나 풀라며 전북 부안의 기생 매창이 자신의 나이 어린 조카딸을 객사 침소에 들여보냈을 때는 분명하게 거절했다.

허균이 쓴 『교산기행』을 보면 "신축년(1601) 부안에 닿았다. 김제 군수 이귀의 정인인 기생 매창을 만났다. 그녀는 거문고를 갖고 와 시를 읊었다. 얼굴이 아름답지는 않았지만 재주와 정취가 있어서 이야기를 나눌 만했다. 하루 종일 술을 나눠 마시며 서로 시를 주고받았다. 침소로 들여보내 준 아이는 내가 돌려보냈다"고 기록되어 있다.

스물아홉인 시인 기생인 매창은 온종일 비가 내려 술맛 당기는 날, 맘에 드는 두 살 위인 문인 나그네에게 자신의 몸을 줄 수도 있었다. 그러나 3개월 전에 떠난 정인에 대한 의리를 지키기 위해 대타를 기용했지만 풍류객인 허균은 얼른 알아차리고 핀치히터의 환대를 은근슬쩍 피해 가는 멋을 부렸다. 이것이 풍류이자 낭만이다.

진짜 낚시꾼은 단 한 대의 낚싯대로 물고기를 잡다가 돌아갈 땐 모두 놓아 준다. 정말 풍류를 아는 프로들은 닥치는 대로 잔챙이까지 살림망에 집어넣지는 않는다.

풍류를 제대로 모르는 국회의원이 여기자의 젖가슴을 만지는 성추행 사건을 저질러 나라가 시끄럽길래 고산과 교산에게 한 수 배우라고 이 글을 썼다. 그런데 국회의원들은 대체로 눈과 귀가 어두워 제대로 알아들었는지 몰라.

점잔과 난봉 사이에서 뽕따기

송강 정철은 대문장가다. 「사미인곡」 「속미인곡」 「성산별곡」을 비롯하여 수많은 가사와 단가를 지었다. 그가 지은 아름다운 시가들은 우리 문학사에 길이 남을 불후의 명작들이다. 그 중의 상당수는 임금을 '사랑하는 임'으로 묘사했기 때문에 아부를 하는 듯한 이기의 틀에서 벗어나지 못하는 단점을 지니고 있다.

만해 한용운의 임은 '빼앗긴 조국'이었고 이상화와 이육사의 빼앗긴 들과 광야는 '잃어버린 우리의 강토'임에 비춰 볼 때 송강의 시가들은 보기에는 번듯하지만 영혼이 빠져나간 육체인양 맛이 간 것처럼 느껴지는 것은 어쩔 수 없는 일이다.

송강은 무서운 정치가다. 그는 목적을 위해선 수단과 방법을 가리지 않았다. 그가 쓴 가사들도 임금의 신임을 얻기 위한 수단으로 씌어진 것들이 많다. 그는 낙향해 있을 때도 귀는 항상 조정을 향해 열어 두었으며 나라에 변고가 생길 때마다 이를 재기입신의 기회로 삼았다. 때문에 그의 후손들조차 송강의 인간성을 고운 눈길로 보지 않았다고 한다.

송강은 마흔아홉에 동인의 탄핵으로 대사헌 직에서 물러나 전남 담양군 고서면 원강리에 송강정을 지어 4년 동안 머물렀다. 「송강가사」의 산실인 이 정자는 죽고 난 후 폐허로 변했지만 후손들은 아무도 거들떠보지 않았다. 선조의 한 생애는 후손들에 의해 점수로 매겨질 뿐 아니라 저지른 악행은 먼 후손들의 유전자 줄기세포에 깊이깊이 심어져 유전된다는 사실을 송강 자신은 몰랐을 것이다. 송강정은 사후 177년 만에 6대손 정재에 의해 중수되었다. 우리 정치꾼들도 틈만 나면 외국으로 나다닐 일이 아니라 송강정을 찾아 그의 정치 역정을 되짚어 보고 참고할 일이다.

사화의 피비린내 속에서 잔뼈가 굵은 송강은 출세와 파직을 거듭하다 쉰세 살 때인 선조 22년 10월 '정여립 모반사건'이 일어나 조정의 부름을 받는다. 그는 우의정에 올랐고 사건의 진상을 파헤치는 위관이 되어 전라도 유림과 동인 세력 1천여 명을 역모에 관련시켜 죽이는 '기축옥사'의 주인공이 된다.

송강은 어린 시절에 당한 잊을 수 없는 수모를 이 사건을 통해 되갚는다. 그가 열여덟 살 때 순천에 있는 형을 찾아가다 잠시 동암 이발의 집에 들른 적이 있다. 열 살이던 동암과 그의 동생 남계가 장기를 두고 있었다. 그들은 등 뒤에서 훈수하는 송강에게 "역적

놈의 자식이 왜 훈수를 하냐"며 달려들어 수염을 뽑아버렸다. 그 때의 기억이 한으로 남아 있던 송강은 정여립 사건에 동암 집안을 연루시켜 일가 참살이란 대 복수극을 저지르고 만다. 동암의 팔순 노모와 여덟 살짜리 아들도 죽임을 당했으며, 동암 자신은 매를 못 이겨 죽었다.

작든 크든 '원한은 사지 말라'고 역사는 가르친다. 그러면 정여 립은 누구인가. 전주 사람인 여립은 이율곡의 추천으로 홍문관 수 찬이 되었으나 율곡 사후 그를 배반하고 집권 세력인 동인으로 변 신하는 철새가 된다. 선조의 눈에 간사한 무리로 찍혀 벼슬을 잃어 버리자 진안 죽도에서 대동계를 조직하여 무뢰한들을 모아 무술을 가르친다. 그후 왜선 17척이 침범하자 훈련된 무사들을 출동시켜 이를 막고 조직을 전국으로 확대시키면서 대권의 꿈을 꾼다. 정여 립의 꿈은 결국 탄로가 나 도망치다 관군에 포위되자 아들을 죽이 고 자결한다. 철새 정치꾼은 예나 지금이나 말썽의 씨앗이기는 마 찬가지.

정적들에게 갈바람을 일으킨 무자비한 송강에게도 한 가닥 풍류 는 있었다. 그에게 진옥(眞玉)이란 기생첩이 있었다. 그가 진옥을 유혹할 때 지은 시조는 읽고 나면 부끄럼만 남는 그런 것이다. 이렇 게 직설적인 음사(淫辭)를 시조로 풀어 내다니, 과연 송강답다.

옥이 옥이라 커늘 번옥만 여겼더니

이제야 보아하니 진옥일시 적실하다
나에게 살 송곳 있으니 뚫어볼까 하노라.

진옥의 답시 또한 멋지다. 백호 임제가 평양 기생 한우 집으로 뛰어들며 읊었다는 '한우가'와 '한우의 답시'보다는 은근미는 많이 떨어지지만 돈을 주고 몸을 사는 요즘 세태에 비하면 그래도 몇 수 앞이다.

철이 철이라 커늘 섭철만 여겼더니
이제야 보아하니 정철일시 분명하다
나에게 골풀무 있으니 녹여볼까 하노라.

송강은 이 시조를 통해 진옥의 몸은 얻었지만 "대신으로서 주색에 빠졌으니 나라 일을 그르칠 수밖에 없다"라며 임금의 노여움을 사 강계로 귀양을 가게 된다. 풍류가 '점잔'과 '난봉' 사이에 머물면서 임 만나 뽕따기는 정말 어려운가 보네.

여름에 앉아 겨울을 생각하며

덥다. 정말 무더운 날씨다. 신문에서는 연일 찜통더위니, 가마솥더위니 하고 오만상 호들갑을 떨고 있지만 더위는 물러설 기세가 아니다. 삼복과 대서가 지나고 입추가 문지방을 넘어서면서 바닷물에 찬 기운이 돌아야 목덜미에 돋은 땀띠도 수그러지겠지.

옛날 더위와 요즘 더위의 도수는 별반 다를 게 없지만 사람들의 느낌은 사뭇 다르다. 부채 하나와 샘에서 갓 퍼온 냉수 한사발로 견뎌냈던 옛날 여름과 에어컨이 뿜어내는 냉풍을 선풍기로 돌리는 오늘의 여름은 애당초 비교할 바가 못 된다. 하물며 대로변으로 넞 발짝만 걸어 나가면 냉 음료는 물론 아이스크림에 냉면까지 없는 게 없는 세상이니 '온고지신'이 정말 무색하다. 삼복에 삼계탕을 먹고 모래찜질을 하는 '이열치열'도 어쩌면 "궁하면 통한다"는 '궁즉통'에서 나온 산물이다.

더위도 사랑이나 고통처럼 날짜밖에 다른 묘약은 없다. 흘러간

147

유행가 중에 "세월이 약이겠지요"란 노랫말이 가슴을 쥐어뜯을 만큼 아픈 사랑에만 통하는 것이 아니라 이 무더위를 이기는 약으로 통하다니 세상 이치는 참으로 묘하다.

우리 옛 선비들은 더위를 이길 방법을 과학에서 찾지 않았다. 기억을 통한 추억에서 묘수를 찾았다. 박제가, 이서구, 유득공 등과 더불어 사가시인의 한 사람인 이덕무(1741~1793)는 「고열행」이란 시에서 "자리 깔고 앉았다가 때로 안석 기대니 맨다리로 층층 얼음 밟고 싶은 생각뿐"이라고 읊었다. 이보다 한 수 위인 명종 때 임형수(1504~1547)는 더위를 향해 대포 한 방을 놓는다. 어느 여름날 세살 위인 퇴계 이황에게 "더위를 쫓을 사나이의 장쾌한 취미 하나를 가르쳐 줌세"라고 말문을 연다.

산에 눈이 하얗게 쌓일 때, 검은 돈피 갖옷을 입고 흰 깃이 달린 기다란 화살을 허리에 차고, 팔뚝에는 백 근짜리 센 활을 걸고, 철총마를 타고 채찍을 휘두르며 골짜기로 들어서면, 긴 바람이 일어나 초목이 진동하는데, 느닷없이 큰 멧돼지가 놀라서 길을 헤매고 있을 때, 활을 힘껏 잡아당겨 쏘아 죽이고, 말에서 내려 칼을 빼서 이놈을 잡고, 고목을 베어 불을 놓고 기다란 꼬챙이에다 그 고기를 꿰어서 구우면, 기름과 피가 지글지글 끓으면서 뚝뚝 떨어지는데, 걸상에 걸터앉아 저며 먹으며, 큰 은대접에 술을 가득 부어 마시고, 얼큰히 취할 때에 하늘을 올려다보면 골짜기의 구름이 눈이 되어 취한 얼굴 위를 비단처럼 펄펄 스친다네. 이런 맛을 자네가 아는가.

박포 장기의 묘수풀이보다, 쓰리 쿠션 당구의 묘기보다 더 시원하고 통쾌하다. 가슴의 골을 타고 흐르는 땀도 이야기 속의 눈을 맞으니 서늘하게 식어 간다. 생각만으로 여름 속에서 눈보라 날리는 겨울을 불러올 수 있거늘 어느 누가 여름을 덥다고 했나.

덥다. 그래도 덥다. 옥상에 텐트를 치고 하늘의 기운을 바로 받으며 잠을 잔지가 벌써 사나흘이 지났다. 낡은 에어컨은 냉매가스가 다 새 나갔는지 작동이 되지 않고 가옥의 구조는 바람을 차단토록 설계되어 있다. 아무 친구에게도 발설하지 않았지만 여름의 꼭짓점 한 열흘간은 텐트 생활로 때운 지가 꽤 오래 되었다.

"덥다 덥다" 하지 말고 이른 저녁밥을 먹고 옥상으로 올라가 선비 임형수 어른처럼 나도 여름 속의 겨울 사냥꾼이 되어야겠다. 철총마도 없거니와 활로 멧돼지를 잡을 재주는 없지만 지난 사십대 한 시절을 엽총을 메고 꿩 사냥했던 기억을 되살려 이 여름 더위를 잡으리라. 그러니까 나도 한때는 열성적인 사냥꾼이었다. 엽총을 세 번이나 바꾸면서 근 십이 년 동안 겨울 넉 달을 미친 듯이 산천을 돌아다녔다. 상하 쌍대 엽총에 장진된 두 발의 총알로 날아가는 장끼 두 마리를 땅! 땅! 하고 동시에 잡은 적도 여러 번이었다. 그리고 충청도 어느 엽장에선 단 한 발로 날아가는 두 마리의 꿩을 잡은 적도 있다. 눈 내리는 계곡에 퍼질고 앉아 기다란 꼬챙이에 멧돼지를 구워 먹어 보지는 못했지만 이 세상에 어떤 미식가도 먹어 보지 못한 꿩 요리를 나는 자신 있게 만들 수 있다. 음식의 맛을 좀 아는 사냥꾼들은 참기름 병과 굵은 소금은 반드시 갖고 다닌다. 앞서 얘기한 이 요리를 즐기기 위함이다. 사냥꾼의 하루는 정말 고되다. 그리고 배도 고프다. 사냥이 끝날 무렵이면 추수가 끝난 들판의 짚단으로 모닥불을 피우고 여럿이 빙 둘러 앉는다. 그날 잡은 것 중에서 총알을 정통으로 맞아 살이 너덜너덜해진 꿩 두어 마리를 골라 불구덩이 속에 털도 뽑지 않고 그냥 던져 넣는다. 그리고는 짚단 몇 개를 그 위에 덮어 두면 멋진 요리가 된다. 밀림의 원시 종족들이 곧잘 해 먹는 와일드 쿠킹 방식이다. 꿩의 깃털이 불 속에 들어가면 기름으로 녹아내리기 때문에 불에 익은 살이 쉽게 타 버리지 않는다. 불길이 약해지면 참소주 한 잔 쭉 들이킨 후, 익은 꿩을 죽죽 찢어 기름소금에 찍어 먹으면 세상에 이만한 별미는 다시없다. 불길이 아무리 세도 살이 속속들이 다 익지는 않는다. 그러니까 반숙이 되는 셈인데 반쯤 익은 그 고기 맛이 유별나다는 말이다. 다 먹고 나면 입 주위가 아프리카 원시인처럼 검게 변해 서로가 쳐다보면 웃음이 절로 난다. 미식을 즐기는데 이만한 대가는 당연히 치러야지. 이런 맛을 자네는 아는가. 아직 여름은 한복판인데 이런 이야기를 몇 개쯤 해야 여름이 저만치 물러설까.

아희야 잔 가득 부어라

기억은 달리기 선수다. 달리기 중에서도 배턴 터치를 해야 하는 릴레이 종목이 주특기다. 기억이란 필름을 과거로 돌리면 나이를 먹어 온 역순으로 돌아가면서 가장 기억에 남는 어린 시절로 달려가 뚝 멎는다. 그럴 때면 나는 십대 소년이 된다.

기억과는 좀 다른 '생각이 성숙된 상상'을 미래로 돌리면 온갖 상상력이 발동되어 관 속에 들어가 나무못을 쾅쾅! 박는 망치소리를 들을 수 있는가 하면 우주선에 승선하는 티켓을 쥐고 케네디 우주공항에 서 있기도 한다. 그때는 나이를 헤아릴 수 없다.

경험하지 않은 과거, 사람들은 그걸 미래라 부른다. 미래는 항상 오늘의 다음 페이지에 존재한다. 내 사이트를 자주 방문하는 '심산유곡'이란 닉네임을 가진 분이 요즘 내가 쓰고 있는 '옛 선비들의 풍류와 멋'이란 연작 시리즈에 시조 한 수를 보내왔다. 조선조 선조 현종간 벼슬아치였던 정태화(1602-1673)의 글이다.

술을 취케 먹고 두렷이 앉았으니
억만 시름이 가노라 하직한다
아희야 잔 가득 부어라 시름 전송하리라.

술이 취한 상태에서 또 한 잔 더 마실 궁리로 '시름 전송'을 둘러댔으니 풍류의 배포가 얼마나 큰지 짐작하고도 남는다. 정태화는 모나지 않은 성품으로 평생 귀양 한 번 가지 않고 인조 효종 현종 대에 이르기까지 영의정으로 지내다 서른일곱 번의 청원 끝에 임금의 허락을 얻어 영의정 자리에서 내려올 수 있었다. 그런데 우리나라 정치판은 '시름 전송'이란 핑계를 대고 술 한 잔 더 마실 위인조차 없으니 나라꼴이 이 지경이 되었나 보다.

시조의 주인이 '두렷이 앉았으니'란 표현을 쓴 걸로 보아 아마 두레상을 펴놓고 술을 마신 모양이다. 몇몇 친구들과 둘러앉아 '엊그제 덜 괸 술을 질동이에 가득 붓고' 마시는 술이니 만큼 아무리 취했다손 치더라도 아해 놈을 불러 "한 잔 더 따라 주게"라는 호기를 부리지 않을 수 있겠는가. 바야흐로 술이 술을 마시는 시간이다.

내가 살고 있는 대구에 '두레'라는 술집이 있었다. 주점 '두레'는 단골 술꾼들이 안주를 잘 시키지 않아 망쳐 먹은 후 그 단골들이 '안주를 시키기로' 맹세하고 부활시켰으나 이번에는 주인이 이런저런 이유로 문을 닫아 버린 비운의 목로주점이다.

주인의 이름은 잊어 버렸다. 이씨 성을 가진 그녀는 용모보다는 마음씨가, 마음씨보다는 지성미가 앞서는 시쳇말로 먹물이 많이 든 꽤 괜찮은 서울 여자였다. 그녀에게서 『페이터의 산문』과 권정생 선생이 쓴 무슨 책을 빌려 읽고 돌려 주지 않고 오늘까지 왔으니 이 글을 읽는 이들은 그녀의 독서량과 장서수는 서둘러 짐작은 하시겠지.

그녀는 여러 곳을 옮겨 다니며 주점 '두레'를 열었다. 단골들은 맥주만 몇 병 시킬 뿐 도대체 안주를 시키지 않았다. "안주는 뭐로 드릴까요." "으응, 마른 멸치 몇 마리하고 볶은 들깨" 그것으로 끝이었다. 공짜 안주. 그러나 주인은 더 이상 보채지 않았다. 멸치 어장을 하는 아버지의 효자 아들인 YS 시절에는 멸치 한 포 값이 십만 원을 넘었으니 주점 '두레'는 이사 간 자리에서 일 년을 버티지 못했다. 집세가 싼 곳으로 옮겨야 멸치포를 살 수 있었다.

대구에서 견디지 못한 주인은 부산 해운대로 내려갔다. "겨울 마차 타러 한번 오시지요"라는 전갈을 받고 그동안 '멸치와 들깨'로 부끄러운 신세를 진 술손들을 불러 모아 부산으로 내려갔다. '두레'란 상호에 넌덜머리가 난 그녀는 '겨울마차'란 새 이름으로 일약 변신을 시도하고 있었다.

그날 추렴한 돈으로 한 접시에 삼만 원쯤 하는 '나막스 튀김' 까지 시켜 먹고 막차를 타고 허둥지둥 올라온 기억이 지금도 선하다. 달리기 선수인 기억이란 놈이 옛 선비 정태화 어른의 '두렷이 앉았으니'란 시조 한 자락에서 출발하여 주점 '두레'로 달려가 '겨울마차'까지 탔으니 신기하고도 놀랍다.

아일랜드의 소설가 제임스 조이스가 소설의 새로운 기법으로 시도한 '의식의 흐름'이나 '무의식중의 의식'은 생각이나 기억이 잡고 있던 끈을 놓아 버렸을 때 생기는 연상작용은 혹시 아닐까.

술 먹지 마자 하고 중한 맹세하였더니
잔 잡고 굽어보니 맹세 둥둥 술에 떴다
아이야 잔 가득 부어라 맹세 풀이하리라.
— 작자 미상

벼슬을 저마다 하면
농부 할 일이 뉘 있으며
의원이 병 고치면 북망산이 저러 하랴
아이야 잔 가득 부어라 내 뜻대로 하리라.
— 김창업의 시조

'아해 놈이 잔 가득 붓는' 시 두어 편을 읽고 나니 영혼까지 컬컬해진다. 나도 동네 시장 안 선술집으로 나가 얼음물에 채워져 있는 막걸리나 한 사발 마셔야겠다. "아해 놈은 없나 보네. 주모야 잔 가득 부어라, 더워서 아름다운 여름 전송하리라."

찬물 대야에 탁족하기

순간도 그리움이 되면 길어진다. 순간은 긴 세월 앞에서는 늘 백기를 드는 패자이지만 결정적 순간에 되살아나 그동안 참아 온 모든 시간을 제압해 버린다. '순간의 선택이 십 년을 좌우 한다'는 냉장고 선전 문구와 비슷한 말이다. 그렇다. 한없는 그리움 속에서 순간을 만나면 그것은 영원으로 이어질 수밖에 없다. 지루한 영원은 항상 폭발하는 찰나를 동경하고 있기 때문이다. 그리움으로 회상되는 것은 세월이라는 장편 전부가 아니다. 그것은 세월 속에 숨어 있는 보석 같은 순간들이 잊혀지지 않는 추억을 통해 문득문득 떠오르는 단편일 뿐이다.

그리움은 관심이며 사랑이며 그리고 배려다. 그리움이 없는 세상은 존재할 가치가 없다. 물 없는 사막, 나무가 없는 산, 영혼이 삭아 버린 육체는 그리움을 잃었음이다.

나는 더운 여름을 사랑한다. 그냥 좋아하는 정도가 아니다. 애정을 갖고 몰입한다. 그렇다고 겨울을 사랑하지 않는 것은 아니다. 누구보다 좋아한다. 그리고 가을과 봄을 사랑하고, 꽃과 낙엽을 좋아하듯 그렇게 사랑한다. 나는 살아 있음 자체를 사랑하는 평범한 사람이기 때문에 나를 스쳐가는 계절을 사랑하지 않을 수가 없는 것이다.

사랑하는 이에게 이기기를 원하는 사람은 아무도 없다. 사랑하는 상태는 이미 이기고 짐이 필요없다. 마찬가지로 계절을 사랑하고 향유하려는 마음이 있다면 '더위를 이기고, 추위를 이길' 방도를 찾지 않는다. 다만 그 속으로 들어갈 뿐이다. 풍경 속으로 들어가 내 자신이 풍경의 일부가 된다면 내가 풍경을 보는 것인가 기존 풍경이 새 풍경이 된 나를 보는 것일까. 이 차원 높은 경지를 계절에 대입해 보자.

무더위 속으로 걸어 들어가 여름과 한 패거리가 된 나는 내가 더운가 여름 자체가 더운가. 추위와 한 통속이 된다면 자연(自然)의 본뜻인 '스스로 그러하듯' 나는 세찬 바람과 휘날리는 눈을 몰고 다니는 다만 겨울일 뿐이다.

가을 구름은 아득히 떠가고 사방 산은 텅 비어 있으니
낙엽은 소리 없이 땅에 가득히 쌓여 붉게 물들이네
말을 시냇가에 세우고서 돌아가는 길을 물으니
미처 몰랐구나, 이 몸이 한 폭 그림 속에 있는 줄을.
― 정도전의 시 「김거사 은거처를 찾아」

예순하나의 나이로 만 삼 년 동안 산천 주유에 나선 선비 정시한 은 지리산으로 들어가면서 제자들에게 이렇게 말했다.

금강산을 괴석으로 여기고 동해를 연못으로 알며 이 사찰 저 난야를 바 장인다면 기이한 꽃과 특이한 나무 등 내 눈앞에 보이는 것은 풍경 아 닌 것이 없을 걸세. 죽기 전까지 즐거움이 진진하리니 추위와 더위가 갈마들고 정치하는 놈들이 온통 싸움박질을 해도 나는 모를 걸세. 지리 산엘 들고자 하는데 자네 같이 가려나.

스스로 풍경되기를 꺼리는 제자들은 아무도 따라 나서지 않았 다. 촌놈들! 선비의 산천을 보는 눈은 달랐다. 다시 말하면 풍경을 풍경으로 보는 체 했지만 '풍경 속에 들면 추위와 더위를 모른다' 고 했으니 자신이 풍경의 일부가 되었음이 분명하다. 스승의 깊은 뜻을 헤아리지 못한 제자들만 "여름은 덥다" 하고 "겨울은 춥 다"고 했으리라.

꼼꼼하고 너무 자상하여 풍류기가 전혀 느껴지지 않았던 다산 정약용도 '더위를 식힐 여덟 가지 방법'을 제시하면서 내면에 품 고 있던 한량끼를 멋지게 뿜어냈다. 그 방법은 송단호시(松壇弧矢, 소나무 둑에서 활쏘기) 괴음추천(槐陰鞦遷, 홰나무 그늘에서 그네 타기) 허각투호(虛閣投壺, 강변 빈집에서의 투호놀이) 청점혁기(淸 簟奕棋, 바둑 구경하기) 서지상하(西池賞荷, 서쪽 연못의 연꽃 구경 하기) 동림청선(東林聽蟬, 동쪽 숲의 매미소리 듣기) 우일사운(雨

日射韻, 비 오는 날 시 짓기) 월야탁족(月夜濯足, 달밤에 개울에서 발 씻기) 등이다. 여덟 가지 더위 퇴치 방법이 모두 무릎을 탁 칠 정도의 탁견들이다. 다산이 첫 손가락에 꼽았던 '송단호시'에 관한 시 한 편을 읽어 보자.

> 양쪽 계단에 나란히 오르면 살 그릇 중앙에 있고/ 오얏은 가라앉고 오이는 뜬 술송이 가득한데/ 비단 휘장으로 소나무 틈의 햇볕 가렸고/ 과녁의 베는 밤나무 숲 바람에 가득 배가 불렀네/ 들에 편 돗자리 길손 맞이하게 더 넓게 펴고/ 서늘하게 시렁매어 늙은 곰 하는 짓 배워 본다네/ 더운 여름도 날짜 보내기 좋으련만/ 왜 하필이면 추운 겨울에 활쏘기나 과시하려느냐고 모두가 말한다네.

이번 여름에 더위타령을 서너 번 했더니 여름이 다 갔는지 동해 바다 쪽에서 "바닷물이 차가워지고 있다"는 소식이 파도소리와 함께 실려 왔다. 오늘 내일 찬물 대야에 탁족이나 하면서 옛 선비들이 쓴 시 몇 편 더 읽으면 가을도 저만치 오시겠지. 긴 세월 속의 여름 한철은 보내고 나면 그리워지는 한순간일 뿐이다.

소나기 올 때 폭포 보기

타인의 눈에 비치는 이미지는 매우 중요하다. 사람은 외향적인 면과 내향적인 면을 동시에 지니고 있지만 어느 것이 우성으로 나타나느냐에 따라 대체적인 성격이 규정지워진다. '아주 활달한 사람'이라든가 아니면 '소심하고 폭이 좁은 사람' 등으로.

『목민심서』와 『유배지에서 보낸 편지』 등을 통해 알게 된 다산 정약용의 생활신조는 근면과 검소였다. 때문에 그에게서 풍류적인 면은 찾아볼 수 없을 것 같아 문헌 속에 나타나 있는 삶의 단면들을 샅샅이 뒤져 보지는 못했다.

다산은 서른아홉 살 때 강진으로 귀양가 18년 동안 머물면서 성격은 물론 사상까지 많은 것이 바뀌었다. 그가 스물두 살 때 소과를 거쳐 스물여덟 살에 대과에 급제한 후 본격적인 벼슬살이를 시작하기 전에는 당시 서울에 살고 있는 양반집 청년들과 별반 다를 바 없었다. 그리고 입신 후 정조의 총애를 한 몸에 받으며 여러 관직을

159

거칠 때도 패기에 넘쳤으며, 그가 갖고 있던 풍류적 기질도 남들을 훨씬 앞질렀다.

다산은 스무 살 전후해서 저포라는 도박에 빠진 일이 있다. 1799년 황해도 곡산부사가 보낸 한 편지를 보면 "촉석루에서 저포 노름을 하며 3,000전을 여러 기생들에게 뿌리던 이가 바로 정약용이다"라고 적혀 있다. 당시 다산의 아버지가 예천 군수였으니 어린 나이에 전대를 둘러매고 주유천하를 하다 잠시 노름과 술과 여자에게도 빠져 보았겠지. 젊었을 적 이런 환락의 기억이 유배지에서 그 많은 저술을 할 때 분명 밑거름이 되었을 것이다.

다산이 쓴 「유세검정기(遊洗劍亭記)」를 보면 그의 풍류적 면모가 여실히 드러난다.

신해년(1791) 여름 한혜보, 홍약여, 이휘조, 윤무구 등과 명례방(지금의 명동) 집에서 모임을 가졌다. 찌는 무더위 속에 술이 몇 순배 돌았다. 먹구름이 사방에서 몰려오더니 천둥소리가 들려왔다. 내가 술병을 걷어치우며 "폭우가 내릴 조짐일세. 세검정 구경에 나서지 않겠는가. 누구든 거절하면 벌주 열 병이네!" 하고 운을 뗐더니 모두가 "여부 있겠나"라며 따라나섰다. 사실 세검정의 빼어난 풍광은 소낙비 속에 폭포를 볼 때가 가장 멋지다. 대부분의 사람들이 빗속에 말을 타고 나서는 것을 싫어하고 비가 개고 난 다음에는 산골 물도 금방 수그러들어 좋은 경치를 완상하기가 어렵다. 성안의 사대부들도 이 정자의 빼어난 경치를 맛 본 자가 드물다. 말을 재촉하여 창의문을 지나 정자 아래 수문

앞에 이르렀다. 양쪽 계곡 사이에는 고래가 물을 뿜어내는 듯했다. 콸콸 쏟아지는 물줄기는 정자의 주춧돌을 할퀴고 지나가 잠시도 안심할 수가 없었다. 술과 안주를 내오라 이르고 모두가 웃고 떠들었다. 잠시 후, 비가 그치니 산골 물도 잦아들었다. 석양이 나무 사이로 비치니 물 상들이 자줏빛과 초록빛으로 물들었다. 조금 있으려니까 심화오가 이 소식을 듣고 찾아왔으나 세검정의 멋진 풍광은 사라진 뒤였다. 심화오 는 청했을 때 바로 오지 않아 기회를 잃었음이다. 우리는 그를 골리며 조롱하다 술을 한 순배 더 마시고 돌아왔다.

아버지는 촌사람으로 나를 시골에서 낳았다. 대구 나들이도 초등학교 육학년 때 중학 입시를 보기 위해 나선 것이 처음이다. 그리고 대학 이학년 때 어느 신문사가 주최한 전국등산대회의 선수로 난생 처음 한양에 입성하여 홍릉—도봉산 코스를 올랐으니 세검정이 어디에 있는지 나는 모른다. 지금까지 그곳에 가본 적이 없는 촌놈이다.

다산의 세검정 이야기를 읽으면서도 가보지 못한 세검정을 그릴 수 없어 나는 줄곧 지리산의 여름만을 생각했다. 아마 모르긴 해도 소나기 올 때의 지리산 풍광은 제아무리 잘난 세검정이 백넘버를 붙이고 맨발로 뛴다 해도 따라오기가 어려울 것이다.

고속도로에서 인월로 내려 마천을 거쳐 칠선계곡이 있는 추성리 로 들어와 동네 맨 안창 격인 허상욱 씨 집 개울가에 방 한 칸을 잡을 일이다. 여름 장마의 그 끈질김 속에 도시의 일상에 찌든 나를 던져 보자. 그러면 내 자신도 계곡의 물살을 타고 흘러가는 바위가 되어 우렁우렁 울면서 흘러간다. 기름에 잘 볶은 석이(石耳)요리와 윤기가 자르르 흐르는 염소 불고기 한 접시를 시키면 지리산의 산골 풍류로는 이만하면 족하다.

산골짝에서 쏟아지듯 내려오는 계곡 물소리는 밤새도록 울부짖고 잠을 잃은 나는 새벽 빗소리까지 마셔 버린다. 이만한 풍류를 아는 이 있으면 빗소리 들으며 함께 떠나세.

문 닫고 나가지 않은 지 십 년

풍류를 즐기려면 건강이 따라야 한다. 백수가 세월을 보내는 데도 마찬가지다. 성경에 믿음, 소망, 사랑 중에 그 중에 제일은 사랑이라고 했다. 백수가 갖춰야 할 4대 요건인 재력, 건강, 친구, 취미 중 그 중에 제일은 건강이다.

돈만 있으면 세상을 갖고 놀 것 같아도 그렇지 않다. 건강하면서 호주머니에 돈이 좀 실려 있는 상태를 사람들은 '금상첨화'라고 말한다. 건강도 따지고 보면 그렇게 오래 가지는 않는다. 죽는 날까지 건강을 유지하다 저 세상으로 건너가는 복노인들이 더러 있긴 하지만 대부분은 늘그막에 병마와 싸우다 이승을 하직하게 된다.

옛 선비들의 글을 보면 풍류가 끝나는 시점에 약초를 찾아다니다 그 시기가 지나면 사립문을 닫고 책이나 읽으며 '생애'라는 영화가 끝나기를 천천히 기다린다.

문 닫고 나가지 않은 지 십 년/ 호수에서 다시 노닐 건은 한바탕 꿈이었네/ 마을을 지나면 다투어 안부를 묻고/ 문득 물고기와 새를 만나니 또한 놀라고 의심하는구나/ 누구와 더불어 술동이를 열어 잔을 함께 들까/ 돌아가서 말없이 병풍 가리우고 눕네.

— 소철의 시 「유서호」 중에서

풍류가 끝나고 진짜 노년으로 접어들면 스스로 찾아갈 곳도 찾아오는 이도 없어진다. 친구가 없어진다는 말이다. 따지고 보면 건강하고 돈푼깨나 실렸을 때 친구지 임종이 어른어른 비칠 즈음에는 내가 불러도 그가 오지 못하고, 그가 불러도 내가 가지 못한다. 그때 친구는 책과 차, 그리고 술뿐이다. 백거이는 「거문고와 차」란 시에서 이렇게 노래하고 있다.

이 세상에 사람으로 태어나/ 내 멋대로 한평생 즐겁게 살았네/ 벼슬을 그만둔 뒤 봄이면 취하는 날 많아졌고/ 책 읽기 그만두니 늘그막에 더욱 한가롭네/ 음악이라면 녹수곡이나 겨우 알고/ 차로 말하자면 몽산차가 바로 나의 친구/ 형편이 좋을 때나 나쁠 때나 늘 함께 지내는 터/ 누가 지금 나에게 오가는 이 없다 하는가.

나는 아직 풍류가 끝나지 않아 노는 일에만 몰두하고 있다. 친구 중에 어느 누가 "여보게 우리 어디 감세" 하면 이의 없이 따라 나선다. 아니 거짓말이다. 내가 그들을 꼬드겨 데리고 나선다.

이번 가을에는 세발 낙지로 유명한 전라도 무안을 거쳐 서해의 끝자락인 도리포 바닷가에서 해넘이를 보았다. 조개를 만나러 벌교 장터를 다녀오고, 싸리와 능이버섯을 따러 충청도 괴산 일대를 쏘다녔다. 그런데도 마음 한편에는 만날 텅 빈 듯 허전하다. 어딜 떠나지 못하고 집에 있으면 불안하다. 책도 손에 잡히지 않는다. 창밖을 내다보다 전화통을 내려다본다. 갈 곳도 없고 올 사람도 별로 없다.

정말로 하릴없을 때만 글을 쓴다. 내 글은 몸과 마음이 외로움이란 궁지에 몰렸을 때 나온 부산물들이다.

다산 선생도 때론 마음이 갈피를 못 잡을 때가 있었나 보다. 그가 일흔에 쓴 시 한 수를 읽어 보자.

가을 산 쓸쓸하고 저녁 여울 애처로우니/ 강가 정자에 홀로 서서 마음 갈피를 못 잡네/ 기러기 떼 줄 어긋났다 다시 가지런하고/ 국화송이 연꽃 피듯 선뜻 피지 못하네/ 대지팡이 짚고 절간에나 노닐까 생각다가/ 그냥 두고 작은 배로 낚시터나 가볼까 하네/ 아무리 생각해도 몸은 이미 늙었는데/ 작은 등불만 예전대로 책더미에 비추네.
— 정약용 「독립(獨立)」

다산도 '절간으로 가 스님과 차를 마실까 하다가 낚시터나 가볼까' 하고 생각을 바꾼다. 그렇지만 그는 정작 아무 데도 가지 못하고 서책들이 기다리는 방으로 돌아오고 만다.

나도 이와 비슷하다. 나가 있으면 빨리 집으로 돌아가 책을 읽고 글을 써야지 하는 강박관념에 시달리고 집에 있으면 산수경계가 좋은 산천으로 나가고 싶어 안달이다. 내게도 머지않아 '문 닫고 나가지 않은 지 십 년'이란 세월이 반드시 오리니 그날이 오기 전에 부지런히 떠돌아다니면서 설익은 풍류를 완숙시켜야지.

양철 지붕의 빗소리

빗소리를 듣고 싶다. 양철 지붕을 때리는 타악기의 난타 같은 그런 빗소리가 듣고 싶다.

내 집은 공중누각처럼 하늘에 매달려 있어 지상에서 일어나는 소리를 들을 수 없다. 아파트 맨 꼭대기 층은 영원으로 이어지는 하늘과 가까워서 그런지 도대체 소리라곤 들리지 않는다. 그렇다고 천상의 소리라도 가깝게 들리면 좋으련만 그렇지도 않다.

겨울 한철, 종탑 같은 이 꼭대기를 휘감아 때리는 바람소리는 기분이 나쁠 정도로 무섭지만 귀를 대고 가만히 들어보면 때론 아름답게 들릴 때도 있다. 바람은 휘파람소리를 내기도 하고 어떤 때는 울부짖기도 한다. 더러는 에밀리 브론테의 소설 『폭풍의 언덕』 주인공인 히스클리프가 창밖에서 서성거릴 때 몰아치는 바람소리 같아 묘한 페이소스를 자아내기도 한다.

함석으로 지붕을 이은 이웃이라도 가깝게 있으면 잠 오지 않는 밤을 빗소리와 함께 할 수 있을 텐데 그것조차 쉽지 않다. 이웃집도 가까운 곳에 있지 않거니와 요즘은 양철 지붕을 머리에 이고 있는 그런 집은 찾아보기조차 힘들다.

간밤 새벽녘, 잠에서 깨어나니 봄비가 내리고 있었다. 베란다의 창문을 여니 봄비에 묻어 있는 싱그러운 찬 기운이 얼굴을 간질인다. 시원하고 상큼하다. 서재에 불을 켜고 수주 변영로의 「봄비」란 시를 찾아 입속으로 읊조리다가 나중엔 아예 큰 소리로 읽는다. 이 밤중에 이런 호사를 혼자 즐기다니 이만한 사치가 어디 있으랴.

나즉하고 그윽하게 부르는 소리 있어/ 나아가 보니 아, 나아가 보니/ 이제는 젖빛 구름도 꽃의 입김도 자취 없고/ 다만 비둘기 발목만 붉히는 은실 같은 봄비만이/ 소리도 없이 근심같이 내리누나/ 아, 안 올 사람 기다리는 나의 마음
— 「봄비」의 제3연

비는 힘이 없는지 창문을 두드리지도 못하고 소리 없이 흐르는 눈물처럼 그냥 내린다. '봄비'라는 노래를 김추자 버전으로 듣고 싶은데 내겐 그런 음악이 없다. 정말이지, 양철 지붕 아래서 봄비 내리는 소리를 들으며 '나를 울려 주는 봄비, 언제까지 내리려나'라는 노래를 함께 들으면 얼마나 좋을까. 잠은 오지 않고 사위는 너무 조용하다. 갑자기 내 의식의 화면에 오드리 헵번의 얼굴이 나타난다. 빗물이 타고 내리는 창 앞에 서 있는 모습이다. 가만히

보니 '전쟁과 평화'란 영화의 한 장면인 것 같다. 그녀는 사랑하는 이를 전쟁터로 떠나보내고 빗속에서 눈물을 흘리며 울고 있다. 이윽고 독일의 명우 마리아 셸도 보인다. 어느 전쟁영화의 한 장면인 것 같다. 낡은 군화를 벗어 어깨에 걸치고 비 오는 진흙길을 맨발로 혼자 걸어가고 있다. 밤새 내린 봄비가 메마른 가슴에 이렇게 잃어버린 추억을 실어다 준 것은 분명 축복이다.

내 고향집은 초가삼간이다. 나는 추녀 끝에서 떨어지는 순한 낙숫물 소리만 듣고 자랐다. 비가 세차게 내리는 날은 이웃 옛방의 양철 지붕에서 들리는 빗소리가 하도 좋아 일부러 그 집 추녀 밑에 서서 빗소리를 들었으며 빗방울이 방울방울 떠내려가는 행렬 보기를 즐겼다. 그리고 비 오는 날의 군것질은 얼마나 아름다운 짓인가. 다행히 돈 몇 푼이 있어 갓 고아 낸 조청을 옛방에서 살 수 있다면 그날은 행복의 파랑새를 손안에 쥔 날이다.

돈이 없으면 어머니의 성경책 갈피를 뒤져 다음 주일 연보할 돈을 빼낼 수 있다면 그것은 복권 당첨에 비할 바가 아니었다. 손에 쥐면 따근따근한 갈색 조청 맛의 유혹을 뿌리치지 못하고 성경책 뒤지기와 때론 쌀독에 쌀 퍼내기 등 어머니가 몹시 싫어하는 짓을 비 오는 날이면 수시로 저질렀다. 오, 아름다운 날들의 추억이여.

삶이란./ 버선처럼 뒤집어 볼수록 실밥이 많은 것// 나는 수없이 양철 지붕을 두드리는 빗방울이었으나/ 실은, 두드렸으나 스며들지 못하고

사라진/ 빗소리였으나/ 보이지 않기 때문에/ 더 절실한 사랑이 나에게
도 있었다 // 양철 지붕을 이해하려면/ 오래 빗소리를 들을 줄 알아야
한다/ 맨 처음 양철 지붕을 얹을 때/ 날아가지 않으려고/ 몸에 가장 많
이 못자국을 두른 양철이/ 그 놈이 가장 많이 상처 입고 가장 많이 녹슬
어 그렁거린다는 것을/ 너는 눈치채야 한다.
— 안도현의 시 「양철 지붕에 대하여」 중에서

봄비가 내리는 새벽녘, 빗소리를 들으며 시를 읽고 있으니 이런
행복을 혼자 너무 많이 누리는 것 같아 미안하고 송구스럽다. 이렇
게 호사스런 '봄비'란 명품을 입고 걸치고 난리를 친다고 어느 누
가 흉이나 보지 않을라나. 아무래도 안 되겠다 싶어 새벽잠을 깊이
자는 아내를 깨웠다. "여보, 창밖 에어컨 박스 위에 양철 쪼가리
하나 얹어 놓고 양철 지붕에 떨어지는 빗소리를 들으면 어떻겠
소?" 아내는 어이가 없는지 하품이 나오는 입을 한 손으로 막고 나
머지 한 손으론 머리에 동그라미를 그리며 방으로 들어가 버렸다.
"당신 요즘 맛이 좀 갔네요"란 말이 동그라미 속에 숨어 있었다.
제기랄.

5.

미륵사석탑
KOO

안방에는 단지마다 술이 가득

시에 곡을 붙이는 일이나, 곡에 가사를 붙이는 일은 어려운 작업이
다. 글을 읽고 그림을 그리는 일이나, 그림을 보고 그것에 걸맞은
글을 쓴다는 것도 쉽지 않은 일이다. 그런데 시와 곡이, 그리고 글
과 그림이 속궁합 맞듯 한몫 맞아 떨어지면 그렇게 좋을 수가 없다.

　간송미술관이 소장하고 있는 오원 장승업의 〈귀거래도〉는 그림
으로선 분명 명작 반열에 드는 출중한 것이지만 도연명의 「귀거래
사」를 읽고 그린 그림으로선 뭔가 표현이 부족한 느낌이다. 오원
의 손끝에서 흘러나온 치기가 그림에 화려와 과장을 불러와 도연명
이 추구하는 소박한 이상과는 맞지 않는다는 말이다.

　반절짜리 족자에 그려진 〈귀거래도〉에는 뭉게구름이 피어오르
는 산 밑에 집과 나무 그리고 수탉과 병아리 거기에다 화폭 맨 밑
강가에는 배 한 척까지 떠 있다. 어디 그 뿐인가. 길 위에는 노송의
가지와 선비로 보이는 사람까지 그려져 있다. 그런데도 생략 없이

그려진 이 그림을 아무리 들여다보아도 관직생활을 미련 없이 버리고 고단한 육신을 끌고 집으로 돌아가는 도연명의 단순하고 명료한 무욕의 정신은 도무지 보이지 않는다. 그것은 아마 시인이 직접 체험한 것을 「귀거래사」란 글로 쓴 것과 오원의 간접 경험을 〈귀거래도〉란 그림으로 옮긴 것의 인식과 관념의 차이가 이런 괴리감을 빚었나 보다. 차라리 무릎을 겨우 넣을 좁은 방안에 술 항아리를 끌어안고 홀로 독작하는 노인을 그린 다음 화제를 '귀거래도'라고 붙였으면 훨씬 가슴에 와 닿는 느낌의 진폭이 컸으리라.

나는 지금도 귀거래사의 진미는 집으로 돌아온 도연명이 '술이 가득 담긴 항아리 옆에 앉아 잔을 기울이며 마당에 서 있는 나무를 보고 웃음 짓는' 장면에서 우러나온다고 생각하고 있다.

자, 돌아가련다. 내 귀한 마음을 천한 육체의 노예로 삼았었다. 지난 일은 후회한들 고칠 수 없고 어제의 일들이 모두 틀렸음을 깨달았다. 집에 돌아오니 머슴들이 마중을 나와 주었고 어린 자식들이 문간에서 나를 기다리고 있었네. 아이의 손을 잡고 방에 들어가니 안방에는 단지마다 술이 가득하구나. 항아리와 잔을 끌어당겨 혼자 마시며 마당의 나무를 보고 웃음 짓는다. 무릎을 겨우 넣을 비좁은 장소임에도 더 이상 편안할 수가 없구나. 세속의 인연을 끊어 버리자. 다시 수레를 타고 무엇을 구하러 나갈 것인가. 내 생이 곧 사라짐을 느끼네. 육체가 이 세상에 깃드는 것이 얼마 동안이리오. 하늘에 맡겨 죽으면 죽으리니 천명을 즐기며 살면 그 뿐, 근심할 일 아무것도 없다네.

— 「귀거래사」 요약

    요즘은 시골길도 포장 안 된 곳이 별로 없다. 그렇지만 낯선 산에서 길을 잃고 해매다 가시나무와 소나무 등걸에 긁힌 몸으로 달구지나 겨우 드나드는 맨땅 길로 내려섰을 때 문득 중국 동진 때 시인인 도연명 선생 생각이 날 때가 더러 있다. 먼지가 폴폴 나는 시골길을 수레를 타고 집으로 돌아가면서 입 속으로 「귀거래사」를 읊조리는 시인의 모습은 부러운 정도를 넘어서 정말 환상적이다. 하산하여 먼짓길을 걸어 도시에 있는 집으로 돌아가야 하는 내가 너무 처량하여 더욱 그런지도 모르겠다.

    집념과 집착은 비슷한 낱말이지만 속뜻은 다를 때가 더러 있다. 집념은 인간이 지향하고 있는 어떤 목표에 도달하기 위한 노력의 과정에서 빚어지는 마음자리이지만, 집착은 건전한 목표가 아니거나 목표는 옳다고 하더라도 달성 이후의 용도가 나쁜 결과를 가져올 때 사용하는 단어다. 그것은 '현명(wise)'과 '영악(clever)'이란 단어의 속뜻 차이를 생각해 보면 쉽게 알 수 있다.

    시인은 이 시에서 집념과 집착, 모두에서 벗어난 대자유인의 모습을 보여주고 있다. 진정한 자유인의 모습이야말로 살아 있는 신선이 아니고 무엇이겠는가. "집에 돌아오니 어린 자식들이 문간에서 나를 기다려 주었고 안방에는 단지마다 술이 가득하구나. 육체가 이 세상에 깃드는 것이 얼마 동안이리오. 하늘에 맡겨 죽으면 죽으리니 천명을 즐기며 살면 그 뿐, 근심할 일 아무 것도 없다네."
나는 이 글을 읽을 때마다 무릎을 치는 찬탄이 절로 튀어나온다. 아무리 읽어도 싫증이 나지 않는 구절이다.

시인은 마흔한 살 때인 서기 405년 심양도 팽택현의 현령 벼슬을 하고 있었다. 요즘의 군수나 읍장쯤 되는 그런 자리다. 그런데 이 벼슬보다 조금 높은 자리의 어떤 자가 순시에 나서면서 "의관을 속대하고 영접하라"며 아니꼽게 거들먹거린 모양이다. 시인은 "오두미(五斗米 봉급)를 얻기 위해 향리의 소인에게 허리를 굽힐 수 없다"며 부임한 지 80일 만에 관직을 버리고 집으로 돌아간다. 이때 지은 시가 「귀거래사」이다.

원래 자연을 동경하여 산천에서 살고 있는 삶이 영원으로 이어지기를 희구하는 자유인은 속세의 소인배들과 어울리지 않는 법이다. 시인도 오두미에 집착하고 권력에 집념을 갖고 있었다면 그 순시관의 비위를 맞추면서 더 오래 공직 생활을 영위했을 것이다. 그랬다면 우리는 불후의 명작인 「귀거래사」를 접하지 못했을 게 분명하다.

세월이 1,400년이 지났지만 아직 소인배들이 지배하는 시대는 끝나지 않았다. 우리나라의 정치판이나 관료세계에도 오두미 때문에 머리 조아리며 벼슬에 연연하고 있는 자들이 부지기수다. "아닌 것은 아니다"라고 큰소리로 말할 수 있도록 청와대와 국회의사

당 앞뜰에 동상을 하나쯤 세우고 싶다. 「귀거래사」를 읊으며 고향
으로 돌아가는 도연명의 단출한 모습을.

바늘 두드려 낚시 만들고

어머니의 손때가 묻어 있는 낡은 책 『시성 두보』를 꺼내 읽는다. 어머니가 살아 계실 때 붓글씨를 연습하던 시구(詩句) 중에 강촌 (江村)'이란 것에 유독 눈이 간다. "아내는 종이에 장기판을 그리고, 아이는 바늘을 두드려 낚시를 만든다(노처화지위기국 老妻畵 紙爲棋局 치자고침작조구 稚子敲針作釣鉤)"는 구절을 읽으니 내 어린 시절과 너무 흡사하여 갑자기 고향 생각이 간절하다.

맑은 강의 한 구비가 마을을 안고 흐르니/ 긴 여름 강촌에는 모든 것이 한가롭다/ 절로 가며 절로 오는 것은 집 위의 제비요/ 서로 친하며 서로 가깝게 노는 것은 물 가운데 갈매기로다/ 아내는 종이에 바둑판을 그리고/ 어린 아들은 바늘을 두드려 낚시를 만든다/ 숱한 병에 오직 필요한 것은 약뿐이니/ 미천한 몸이 이것 외에 무엇을 바라랴.

이 시는 두보 나이 마흔아홉 살 때인 서기 760년 성도의 완화계

(浣花溪)가에 띳집을 짓고 살 때 지은 작품이다. 두보는 마흔네 살 때 안녹산의 난이 일어나 적군의 포로가 되어 1년 동안 갇혀 지내다 겨우 탈출에 성공했다. 그는 새 임금이 즉위하자 관직에 올랐으나 불행하게도 1년 만에 지방관으로 좌천되었다. 엎친 데 덮친 격으로 다시 1년 후 극심한 대기근이 닥쳐 관직을 버리고 식량을 구하기 위해 유랑길에 오르게 된다.

두보의 운세는 1년 만에 고비가 닥치는 악운의 연속이었다. 그리고 그 때 관직을 스스로 놓은 것이 여생을 불행하게 살게 된 단초가 되었다. 그는 가족을 끌고 동곡, 기주 등지로 떠돌다 절도사 엄무(嚴武)의 도움으로 성도에 정착함으로써 생애중에서 비교적 평온한 나날을 보냈다. 그래서 「강촌」과 같은 명시를 남길 수 있었다.

두보는 신분이 얕은 지방 관리의 아들로 태어났다. 여러 번 과거를 보았으나 낙방했다. 유산도 변변치 못했다. 그러니까 가난은 선택이 아닌 필수였다. 그러나 그의 타고난 시재(詩才)는 주체할 수 없었다. 생활이 어려워도 시를 썼고 안락함이 솜이불처럼 그의 몸을 감쌌을 때도 시를 지었다.

두보는 가난하고 불행했지만 불굴의 열정으로 시심을 불태우며 나름대로의 생애를 살다 간 시인이다. 그는 강촌을 떠나 악주, 담주를 거쳐 장안으로 나아가 더 나은 삶을 모색해 보려다 배 안에서 운명했다. 그의 나이 쉰아홉. 그의 시가 바로 시인의 생애였다. 두보의 시에 비친 '강촌'의 띳집은 어쩌면 내 고향집인지도 모른다. 오랜 세월 함께 살아온 부부의 얼굴이 닮았다거나 부지런한 품성이 비슷하다는 말은 서로가 서로를 좇아가는 데서 비롯되는 동질성이 극대화된 접점에서 빚어진 하나의 사건인지도 모른다. 두보의 시 '강촌'에서 보이는 바늘을 두드려 낚시를 만드는 그 소년이 바로 나 자신과 비슷하다고 자신 있게 말할 수 있는 것도 따지고 보면 동질(同質), 동의(同意), 동화(同化)란 낱말이 주는 선물이다. 그것은 사모하는 정이 깊어야 비로소 가능한 것이다.

초등학교 삼사 학년 쯤 되었을까. 고향 뒷산 밑 홈실못이 새 물로 불어 낚시를 던지기만 하면 고기가 문다는데 낚시 바늘과 찌가 있어야 낚시질을 가지. 어머니의 바늘 쌈지에서 바늘을 꺼내 불에 달궈야 겨우 구부릴 수가 있는데 그것조차 쉽지가 않았다. 결국 바늘로 낚시 만들기는 포기하고 핀 침을 오그려 겨우 낚시 바늘 흉내를 낼 수 있었다. 그리고 초가지붕 밑에 깔려 있는 재롭대(삼베 원료인 대마의 껍질을 벗기고 남은 삼대 회초리)를 빼내 적당한 크기로 자른 다음 수탉의 꽁지 깃털을 하사 계급장처럼 잘라 꽂으면 멋진 찌가 되었다.

못의 고기는 미리 온 또래 친구들이 다 잡아 갈 것 같은 생각이 들어 검정 고무신을 거꾸로 신었는지 바르게 신었는지도 모르고 정신없이 현장으로 달려 나갔다. 친구들은 손바닥만 한 붕어를 연신 잡아 올리는데 나의 찌는 까딱도 하지 않았다. 어쩌다 한 마리 물렸는데 잡아당기는 리듬이 맞지 않아 공중에서 떨어져 나가고 말았다. 알고 보니 나의 낚시 바늘에는 미늘이 없었기 때문이다. 해가 빠질 때까지 낚시질을 했지만 한 번 물기만 하면 빠져나갈 줄 모르는 미꾸라지 한 마리밖에 잡지 못했다.

다음 날 친구들이 일러 주는 대로 철로 위에 작은 못과 핀 침을 놓아두었다가 기차가 지나간 다음 납작해진 것들로 낚시를 만드니 한결 수월해졌다. 나는 그럭저럭 해결했지마는 두보가 살던 그 시절 '강촌' 옆에 기찻길이 있을 리는 만무하다. 장기판 그리는 어미 옆에서 바늘로 낚시를 만들던 '강촌' 소년도 나처럼 고생깨나 했겠네.

아해야 도롱 삿갓 차려라 동간에 비지거다
기나긴 낚대에 미늘 없는 낚시 매어
저 고기 놀라시 마라 내 흥거워 하노라.
— 조선조 때 조존성의 시조

그러고 보니 미늘 없는 낚시로 고기를 낚았던 내 풍류는 참으로 조숙했네 그려.

선창에서 읊는 「장진주사」

'늙는다'는 것은 '육신에 박혀 있는 영혼의 심지가 닳아 간다'는 말이다. '늙어 간다'는 것은 연료통의 기름이 '텅 빔'을 향해 달음질치고, 긴 막대 양초가 몽당 양초로 모습을 바꾸는 물리적 현상이다. '늙는다'는 것은 '죽음에 한 발짝 가까워지고 있다'는 우회적 표현, 그 말도 맞는 말이다. 그래서 '늙는다'는 것은 서글픈 일이며, '다시는 젊음으로 되돌아 갈 수 없다'는 존재의 초조로움이 가을바람처럼 조금씩 슬퍼지고 조금씩 막연해지는 것이다.

우리 선비들도 그랬지만 동양의 시인 묵객들의 생사관은 내세 의존형이 아닌 현실 안주형에 가까웠다. 조선시대를 살았던 선비들은 극락이니 천당이니 하는 종교가 표방하는 사후에 도래할 내세에 기대지는 않았다. 그들은 생명의 한계에 순종하고 나아가서 육신도 자연의 일부라는 사상을 받아들여 '죽는다'는 것은 흙으로 돌아가 자연과 합일하는 것으로 이해했다. 옛 시조와 가사 속에 숨어 있는 안

빈낙도 사상에서 선조들의 은근한 속마음을 엿볼 수 있다.

한 잔 먹세, 그려 또 한 잔 먹세, 그려/ 꽃 꺾어 산(算) 놓고 무진무진 먹
세 그려/ 이 몸 죽은 후면, 지게 위에 거적 덮여 주리어 매여 가나,/ 유
소보장(流蘇寶帳)에 만인(萬人)이 울어 예나,/ 어욱새 속새 떡갈나무
백양(白楊) 속에 가기 곧 가면,/ 누른 해 흰 달 가는 비 굵은 눈 소소리
바람 불제/ 뉘 한 잔 먹자 할꼬,/ 하물며 무덤 위에 잔나비 휘파람 불제
야/ 뉘우친들 어쩌리.

— 송강 정철의 시 「장진주사」

고등학교 다닐 때 수학을 제일 싫어했고 고어(古語) 과목을 좋아
했다. 이 학년 땐가. 고어 선생님이 기말고사 대신 「사미인곡」과
「속미인곡」을 외워 오면 "백 점을 주겠다"고 약속하셨다. 급우
들 모두가 외우기에 매달렸지만 성공률은 30퍼센트 미만이었다. 왜
냐하면 그것은 텔레비전 프로그램 '도전 1,000곡'처럼 선생님이
문단의 허리 부분을 지적하면 거기서부터 막힘없이 끝까지 외워야
했다. 박자가 맞지 않이 잠시라도 머뭇거리면 가차 없이 '땡'이었
다. 처음부터 외우라고 했으면 대부분 쉽게 통과했을 텐데 모두가
허를 찔려 뒤통수를 긁으며 교단을 내려와야 했다. 나는 겨우 '땡'
을 면했다. 그때부터 내가 제일 좋아하는 과목은 고어로 정해져 버
렸다.

선생님은 학기가 끝날 때까지 송강의 많은 시조와 가사를 가르

쳐 주셨지만 유독 「장진주사」만은 빼두신 것 같다. 아마 우리가 너무 어렸기 때문이리라. "한 잔 먹세, 그려"로 시작되는 「장진주사」는 술을 배운 후 나중 다른 책에서 만나 지금도 친구처럼 지내고 있다.

여행중 어느 포구의 선창가 선술집에 앉아 산 꼼장어를 몇 마리 굽고, 낙지라도 한 접시 앞에 두고 머릿속으로 「장진주사」를 떠올리면 슬픈 영화를 본 것처럼 슬프게 아름답다. 송강 선생의 "한 잔 먹세, 그려"란 은근한 잔 권함에 못 이겨 번번이 "아줌마, 소주 한 병 더요" 하고 고함을 지른다. 그러고는 술꾼들의 발길질에 막창이 나 바람이 드나드는 비닐 문을 열고 나와 잿빛 물색의 바닷물에 시원하게 오줌을 내깔긴다. 몸을 떨면서 문득 하늘을 쳐다보면 정작 하늘은 보이지 않고 초롱초롱한 별이 눈에 와 박힌다. 갑자기 바다를 향해 돌진하고 싶은 충동을 느낀다. '지게 위에 거적 덮여' 실려 갈 것 없이. 송강의 「장진주사」가 두보의 「송주시」와 "그대여 아는가. 황하의 물은 하늘에서 내려와 거세게 흘러 바다에 다다르면 돌아오지 않음을"로 시작되는 이백의 「장진주」를 다소 모방했다 해도 나는 우리 옛글로 씌어진 이 사설시조가 좋다. 무엇보다도 송강의 쩨쩨하지 않은 사나이의 적극적인 품성이 우선 마음에 든다. 만약 송강이 극락과 천당을 염두에 두고 내세에 의존하려 했다면 이런 시를 쓰지는 못했을 것이다.

송강보다 천 년을 앞서 살다간 도연명(365~427)은 "가난한 내 집 클 필요없고 잠자리 눕힐 터전 있으면 족하다. 다만 한스러운 것은 세상에 살아 있을 적에 술 마시는 게 흡족하지 못했음이다"라고 읊은 적이 있다. 그는 만년에 「잡시(雜詩)」란 시에서 "말과 노래 주고받을 친구도 없이 술잔 들어 외로운 그림자에게 권하노라. 세월은 날 버리고 가거늘 나는 뜻을 이루지 못하니 가슴속 서글프고 처량하여 밤새 조용하지 못했노라"고 한탄했다.

'꽃 꺾어 수놓고 무진무진 먹세, 그려'라던 송강도, '친구도 없이 술 잔 들어 외로운 그림자에게 권하노라'던 도연명도 지금은 가고 없다. 그들은 모두 외로운 사람들이다. 나처럼.

적벽을 노래한 소동파를 기리며

대학 일학년 때, 우연한 기회에 「적벽부」를 읽고 강안(江岸)에 낭떠러지로 서 있을 적벽이 어떻게 생겼는지 몹시 궁금했다. 그 궁금증은 적벽을 노래한 동파 선생에 대한 그리움으로 이어져 막연하지만, 그가 내 마음속의 큰 스승으로 자리 잡았다.

나는 대학에 입학하자마자 산악부에 들어가 전국의 명산대천을 두루 쫓아다녔다. 어쩌다 강변에 절벽만 서 있어도 저것이 동파 선생이 친구들과 뱃놀이를 즐겼던 적벽과 닮지 않았을까 생각하고 혼자 즐거워했다. 지금까지 역사 속의 격전지였던 적벽을 가보지 못해 아쉽기는 하다. 그러나 강변에 서 있는 모든 절벽을 적벽이라 생각하고 "우리 인생의 짧음을 슬퍼하고 긴 강의 끝없음을 부럽게 여기노라"는 「적벽부」의 한 구절을 읊다 보면 짧고 못난 인생이지만 그래도 더러는 살맛이 날 때도 있다.

동파 선생은 북송시대인 1036년 12월생이니 내보다는 구백일흔네

살이나 더 많은 까마득한 형님뻘이다. 내가 감히 이렇게 말하는 까닭은 토인비의 "지구의 역사는 수십억 년이지만 인류가 생긴 것은 수천 년에 불과하기 때문에 인류 역사는 동시대 역사라 해도 그리 틀린 말은 아니다"란 말씀에 힘을 얻어 그렇게 말해 본 것뿐이다.

임술(壬戌) 가을 7월 기망(旣望)에 소자(蘇子)가 손(客)과 더불어 배를 띄워 적벽(赤壁) 아래 노닐세, 흰 이슬은 강에 비끼고, 물빛은 하늘에 이었더라. 한 잎 갈대 같은 배를 가는 대로 맡겨 일만 이랑의 아득한 물결을 헤치니, 날개가 돋치어 신선으로 오르는 것 같더라. 한 잎 좁은 배를 타고 술을 들어 서로 권하며, 하루살이 삶을 천지(天地)에 부치니 아득한 넓은 바다의 한 알갱이 좁쌀알이로다. 우리 인생의 짧음을 슬퍼하고 긴 강(江)의 끝없음을 부럽게 여기노라. 손(客)도 저 물과 달을 아는가? 가는 것은 이와 같되 일찍이 가지 않았으며, 차고 비는 것이 저와 같되 마침내 줄고 늚이 없으니, 변하는 데서 보면 천지도 한 순간일 수밖에 없으며, 변하지 않는 데서 보면 사물과 내가 다 다함이 없으니 또 무엇을 부러워하리오? 천지 사이의 사물에는 제각기 주인이 있어, 나의 소유가 아니면 한 터럭이라도 가지지 말 것이나, 강 위의 맑은 바람과 산간(山間)의 밝은 달은 귀로 들으면 소리가 되고 눈에 뜨이면 빛을 이루어서, 가져도 금할 이 없고 써도 다함이 없으니, 조물주(造物主)의 다함이 없는 갈무리로 나와 그대가 함께 누릴 바로다. 손이 기뻐하며 웃고, 잔을 씻어 다시 술을 드니 안주가 다하고 잔과 쟁반이 어지럽더라. 배 안에서 서로 팔을 베고 누워 동녘 하늘이 밝아 오는 줄도 몰랐어라.

— 「적벽부」 요약

조선시대 문인들 중에도 소동파를 흠모하는 이들이 많았다. 그들도 나처럼 동파 선생을 더러는 스승으로, 그리고 형님으로 모시는 사람들이 한둘 아니었다.

동파 선생이 손(客) 두 사람과 적벽에서 뱃놀이를 한 날이 1082년 음력 7월 16일 달 밝은 밤이었다. 이를 기념해서 조선의 선비들은 적벽부를 지은 임술년, 그리고 7월 기망(旣望)과 10월 보름날을 하나의 명절로 생각했다. 그래서 임진강의 적벽, 한강 서호의 잠두봉, 용산의 읍청루, 화순의 적벽 등은 임술년이 되면 문인묵객들이 띄운 배들로 가득했다.

19세기 대표적 역관 가문의 후예인 변종운이 쓴 『서호범주기(西湖泛舟記)』를 보자. 1819년 기묘년(순조 19년) 7월 16일 기원(綺園) 유한지, 능산(凌山) 황공, 그리고 수월(水月) 임희지 등 네 사람이 읍청루 아래 배를 띄웠다. "동파가 적벽에서 노닌 7월 16일만이 강산을 위한 명절은 아니지요. 우리의 흥도 적지 않으니 뒷사람이 우리의 오늘 저녁 노닌 것을 본다면 우리가 소동파를 보듯 우리를 보겠지요." 기원이 말했다. "적벽에 비길 것은 아니지만 강위에 배 띄우고 달이 밝고 바람이 맑으니 어느 밤인들 아름답지 않은 밤이라 말할 수 있겠소." 변종운이 대꾸한다. 이어 수월이 이렇게 말한다. "옛 성인들처럼 덕을 세우지도 못하고 평생을 글 짓는 일에 매달려 구구하게 살면서 뒷사람들이 알아주기를 바란다면 슬픈 일이지요. 술을 마시며 취하고 차를 마시어 깨어나며, 내가 스스로 세상을 잊고 세상이 또한 나를 잊으면 그 뿐이지 어찌 뒷사람들이 알아주기를 바랄 수 있겠소. 어찌 여러분은 소동파가 퉁소 불던 두 손에게 그랬던 것처럼 술을 들어 내게 권하고 저 물과 달을 아시는지를 물어보지 않는 거요." 능산이 술잔을 권한 후 달을 향해 말한다. "고금을 두루 보니 밝은 달이 아마도 그 주인인가 싶으이."

남은 생애 중에 만약 임술년이 온다면 7월 16일 기망에 친구 서넛을 불러 가까운 동촌 유원지 얼음 창고가 있는 절벽 밑에 배를 띄우리라. 술과 안주를 싣고 도도한 취흥 속에 "강 위의 맑은 바람과 산간(山間)의 밝은 달을 귀로 들으면 소리가 되고"라고 쓴 동파 선생을 기리리라. 먼 훗날 뒷사람 중에 어느 누가 금호강에 배를 띄워 적벽부를 읊었던 우리를 보는 이가 있어도 좋고, 아무도 기억하지 않는다 해도 그리 안타까워할 일도 아니고.

국화주 익으면 또 만나세

어느 해 가을, 한 꾸러미의 소포가 왔다. 포장을 뜯어 보니 무슨 꽃
잎을 말린 것이다. 뭉클하게 고향 냄새가 풍겨져 나왔다. 바로 국화
꽃잎이었다. 꽃잎 밑에는 메모지에 몇 마디 글이 적혀 있었다. "우
리 동네 야산에 흐드러지게 피어 있는 구절초의 꽃잎을 따 음지에
서 말린 것입니다. 차를 끓여 드시면 온통 가을을 다 마신 셈이 되
고요, 한겨울 화로의 잿불에 조금씩 뿌리면 국향 연기 속에서 '울
음이 타는 가을 강'을 다시 보게 되지요, 그도 저도 아니면 베개 속
에 쑤셔 넣어 버리세요. 그러면 꿈속에서 가을 소년으로 다시 환생
하게 됩니다." 다분히 문학소녀적인 발상에서 보내 온 소포에 이
렇게 아름다운 문향이 솔솔하게 배어 있다니. 세속적인 선물에 오
래 길들여져 있던 천박한 관습이 구절초 꽃잎 한 바가지를 뒤집어
쓰고 보니 술 취한 얼굴에 찬물을 끼얹은 듯 신선한 깨달음이 일어
나는 것 같았다.

독일의 몽마르뜨로 불리는 슈바빙에서 둥지를 틀었던 작가 전혜린이 생각난다. 그녀는 한국에서 날아온 어느 지인을 마중하러 장미 꽃다발을 들고 공항으로 나갔다. 공무 일정에 바쁜 그 지인은 꽃다발을 건사할 여력이 없어 다시 넘겨주며 농담조로 "서울 우리 집으로 좀 부쳐 주세요"라고 말했다. 작가는 그 길로 우체국으로 달려가 소포로 부쳤다. 그 지인의 서울 집에 도착한 꽃은 생화가 아닌 드라이 플라워였다.

꽃잎 소포를 받은 그 해 겨울. 나는 아주 즐겁고 신나는 겨울을 보낼 수 있었다. 틈나는 대로 팔공산 자락에 있는 참샘 산막으로 올라갔다. 까맣게 그을린 부엌 아궁이에 불을 지피고 불꽃이 자지러질 무렵에 구절초 꽃잎을 뿌렸다. 아까워서 아주 조금씩 뿌렸다. 꽃잎이 순한 연기를 내며 타오를 때 아궁이 앞에서 시원하게 얼어 있는 막걸리 한 사발을 마시며 지난가을을 음미하곤 했다.

이 세상 무엇과도 바꿀 수 없는 그 향과 맛! 청첩장이나 무슨 초대장에 '국화 향기 그윽한'으로 시작하는 문구의 바른 뜻을 이제야 알겠다.

가을 국화 빛 곱기도 하여/ 이슬에 젖으며 꽃송이 따네/ 꽃송이 수심 잊는 술에 띄우니/ 세상에 대한 정이 멀기만 하네/ 술잔 하나로 홀로 마셔도/ 술잔이 다하니 단지도 기울어/ 해는 저물고 만물이 쉴 제/ 새들도 숲으로 돌아와 우네/ 동쪽 처마 아래 휘파람 부니/ 새삼, 참다운 삶을 알겠네.
— 도연명의 시 「국화를 잔에 띄워」

대구 시내 어느 음악다방에 다리가 조금 불편한 슬픈 DJ 아가씨가
있었다. 그녀의 어머니는 국화주 담그는 아마추어 명인이었다. 어머
니는 해마다 가을이 깊어지면 향 좋은 국화를 줄기째 독에 넣고 도수
높은 소주를 부어 알맞게 숙성시켜 명주를 만들어내곤 했다.

그 아가씨는 무슨 행사가 있을 때마다 국화주를 들고 나왔다. 그
걸 마셔 본 사람은 맛보다는 향 때문에 입맛을 다시곤 했다. 나는
그 음악다방에 갈 때마다 커피 대신에 "그거"라고 말하면 아가씨
는 눈을 찡긋하고 물 컵에 한 잔 가득 가을을 담아오곤 했다. 나는
국향 그윽한 컵을 들고 술방울이 돌돌돌 굴러 떨어지는 듯한 쇼팽
의 피아노곡을 들었다. 차이코프스키와 모차르트도 들었다. 음악
이 있어 아늑했고, 국화주 때문에 더욱 행복했다.

젊었을 때에는 생계 따위 걱정하지 않았던 터/ 나이 들어 무삼 술값 아
낄 것이랴/ 주머니 털어 일만 전으로 술 한 말 사세/ 우리네 나이 이제
셋 모자란 일흔이로세/ 한가롭게 경전 사적에서 화제 끌어 대고/ 취하
여 듣는 그대 맑은 노래 관현악보다 나으이/ 국화 철, 집에서 담근 술
익으면/ 우리 다시 만나 한바탕 또 취해 보세.
— 백거이의 시 「한음 閑飮」

저만치 가을은 오고 있는데 나는 아직 가을을 맞을 준비가 되지 않았다. 구절초 꽃잎을 소포로 보내왔던 사람도, 슬픈 DJ 아가씨도 어디론가 가고 없다. 아궁이 속에서 불타던 산국 내음과 물 컵 속 은은한 국화 향기만 코끝을 맴돌고 있다.

그림자놀이

빛과 어둠은 서로 배반하지 않는다. 음과 양은 서로 보완하면서 격려하고 나아가서 복종한다. 빛과 어둠은 이질적인 것 같지만 동질성을 띄고 있다. 빛은 어둠에서 이어오고 어둠은 빛이 끝나는 자리에서 새롭게 출발한다. 그래서 어느 것을 형이라 부르고 어느 것을 아우라 부를 수 없다.

사진에 있어서 암실은 단순하게 어두운 방을 의미하는 것은 아니다. 암실은 어두운 방에서 빛을 생산해 내는 작업을 하는 곳이다. 그러나 광실이라 부르지 않고 굳이 암실이라 부르는 이유는 구약성서 창세기를 보면 알 수 있다. 하나님이 어둠 속에서 빛을 불러 왔기 때문이다. 어둠은 빛의 모태인 셈이다.

현대인은 그림자를 느끼지 못하는 삶을 살고 있다. 야간경기를 하는 야구장에는 그림자가 없고 그늘도 없다. 도시의 가로에도 환한 조명뿐 그림자 만나기가 힘들다. 그림자는 삶이 빚어 내는 그늘이자 추억이기도 한데 우리는 우수와 그리움을 느낄 수 없는 그런 동네에서 살고 있다. 그래서 슬프다. 슬프게 사는 것은 사는 것이 아니다. 다산은 그림자를 완상하면서 멋진 글 두 편을 지었다. 하나는 벗들과 국화꽃으로 등잔 앞에서 그림자놀이를 하며 쓴 「국영시서(菊影詩序)」이고 다른 하나는 캄캄한 방에 돋보기를 통해 들어온 바깥 풍경을 즐기는 이야기를 담은 「칠실관화설(漆室觀畵說)」이란 글이다.

국화는 늦게 꽃이 피지만 오래 견디고 예쁘지만 요염하지 않고 깨끗하지만 차갑지 않은 특성이 있다. 이것 외에 등불에 비치는 국화꽃 그림자를 보는 재미는 정말 쏠쏠하다. 어느 저녁 친구인 남고(南皐) 윤이서 집에 들렀다가 그를 데리고 우리 집으로 왔다. 동자를 시켜 방안의 널려 있는 물건들을 치우게 하고 국화꽃과 등잔을 적정거리에 배치하여 불을 밝혔다. 갑자기 희한한 형상과 무늬가 벽에 가득 차올랐다. 가지와 줄기는 또렷한데 잎과 꽃은 하늘하늘 엇갈려 마치 수묵화를 그려놓은 것 같았다. 먼 것은 흐릿하여 마치 구름 노을이 엷게 깔린 것 같고 사라질 듯 여울지는 것은 파도가 넘쳐나는 듯해서 황홀하기 그지없었다. 천하의 기이한 절경이라며 윤이서가 소리를 질렀다. 흥분이 가라앉자 술을 내오게 하여 거나할 때까지 마신 후 시를 지으며 즐거운 가을밤을 보냈다.

― 「국영시서」 중에서

방을 칠흑같이 어둡게 만든 후 돋보기를 가져다가 구멍에 맞춰 꽂았다.

돋보기에서 몇 자 거리 떨어진 흰 종이 위에 비쳐 들어오는 빛을 받는다. 산 능선 아래 물가와 대나무와 꽃 그리고 누각 옆에 둘러쳐진 울타리까지 눈으로 볼 수 있는 모든 풍경들이 종이 위에 비친다. 빛깔도 그대로요, 가지와 잎의 형상도 그대로다. 중국의 유명한 화가 고개지(顧愷之)나 육탐미(陸探微)도 능히 할 수 있는 바가 아니다. 천하의 기이한 광경이다. 안타까운 것은 바람 맞은 가지가 살아 움직이므로 묘사해내기가 지극히 어렵다는 것이다.
─「칠실관화설」 중에서

다산이 이렇게 그림자에 관련한 글을 쓸 수 있었던 것은 예술이 품고 있는 아름다움을 감지할 줄 알았으며 그에 앞서 멋과 풍류를 즐길 줄 아는 인간적인 삶을 살았기 때문일 것이다. '다산의 과학'이라고 불러도 좋을 「칠실관화설」은 현대사진의 원리를 그대로 도입한 것이다. 정조대왕의 명을 받아 수원 화성을 쌓을 때 기중기를 발명한 다산의 명석한 머리가 '그림자놀이'에까지 작용하여 이렇게 후학들이 그가 쓴 명 산문을 읽을 수 있는 것도 하나의 복이라 할 수 있다. 수석인들은 돌의 살갗을 '피부'라고 부른다. 그것은 사랑의 눈으로 돌을 보기 때문이다. 조각가 로댕은 자신이 깎은 대리석 조각을 손으로 어루만질 땐 "따뜻한 체온을 느낀다"고 했다. 폴 그셀이 쓴 로댕의 '그림자놀이'이기도 한 조각품 감상법을 살펴보자.

로댕은 자신의 영감을 자극하기 위해 작업장에 〈메디티의 비너스〉란 조각품을 가까이 두고 있었다. 그는 수시로 램프에 불을 켜고 일렁이는 불빛 속에서 작품을 감상하곤 했다. 그 조각품을 불빛 가까운 곳에서 들여다보면 대리석의 입자들이 수많은 작은 요철을 이뤄 숨을 쉬고 있는 것 같았다. 로댕은 비너스 상을 회전반 위에 올려놓고 돌려가면서 샅샅이 훑듯 감상했다. 허벅지와 복부를 잇는 골짜기와 육감적인 둔부를 눈으로 어루만질 땐 때론 넋을 잃는 듯했다. 로댕은 이 조각은 키스와 애무 아래서 만들어졌다고밖에 생각할 수 없다고 혼자 중얼거리곤 했다.

— 「로댕 어록」 중에서

다산의 국화꽃 그림자놀이나 돋보기놀이도 사물과 현상을 애정 어린 눈으로 보고 있었기 때문이다. 그리고 로댕이 대리석 조각품에서도 피가 흐르는 것을 느낄 수 있었던 것도 사랑하는 마음이 빚은 결과일 뿐이다.

이 세상에 가장 강력한 접착제는 '사랑'이다. 5초 본드보다 천 배 만 배 강하다.

눈 오는 밤의 이야기

가난했지만 당당했던 환쟁이 이야기를 하려 한다. 칠칠이라 불렸던 조선조 정조 때 사람 최북(崔北)이란 기인이다. 그는 이름인 북(北)자를 둘로 쪼개 칠칠(七七)을 자로 삼았다. 호는 '붓으로 먹고 사는 환쟁이'란 뜻의 호생관(毫生館)으로 지어 어렵게 먹고 살았다. 최북은 키가 작달막한 애꾸였다. 역사를 보면 박정희 대통령처럼 키 작은 사람들이 큰일을 내는 경우가 허다하지만 칠칠이도 예외는 아니다.

어느 날 어느 권력자가 최북에게 "그림을 그려 달라"고 협박조로 요구했다. 그런 속물에겐 그림을 그려 주기가 싫었다. 최북은 "남이 나를 저버리느니 내 눈이 나를 저버리게 하리라"며 송곳으로 눈을 찔러 버렸다. 그날 이후 최북은 '스네이크 아이(snake eye)'에서 '원 아이 가이(one eye guy)'로 변신했다.

계사(計士)인 아버지에게서 태어난 최북은 중인 신분이었다. 그러니까 양반의 편견이 부채질할수록 최북의 오만은 오기로 번졌다. 불같은 성질은 불꽃으로 변해 조금이라도 뜻이 어긋나 눈에 차지 않으면 반드시 욕을 보였다.

최북은 기존의 틀이나 작은 규범에 구속되길 싫어했다. 풍류는 이같이 대 자유 속에서 열려 자연스럽게 익는 과일일 뿐 누구에게 빌붙거나 눈치를 보는 데서는 좀처럼 생성되지 않는 귀한 물건이다. 풍류객들은 때론 목숨까지도 그리 중히 여기지 않는 속성을 지니고 있다. 생명도 초개같이 버릴 수도 있는데 돈과 명예 따위는 정말 아무렇지 않게 던질 수 있다는 얘기다. 최북의 당당한 기개의 원류도 여기서 흘러나온 것이리라.

최북이 금강산 구룡연에 갔을 때다. 술을 마시고 대취한 그는 "천하 명인은 천하 명산에서 죽어야 한다"며 폭포에서 뛰어내려 버렸다. 주변 사람들이 끄집어내 죽음은 면했지만 돈키호테와 같은 호쾌한 기상이 바로 그가 저지르고 다닌 기인 행각의 기저가 아닌가 싶다. 유치찬란하지만 부끄럽지 않고 남들이 흉을 봐도 오히려 자랑스럽게 가야 할 길을 거리낌 없이 걸어갈 수 있는 사람이라야 제대로 풍류를 즐길 수 있다.

최북이 어느 대감 집을 찾아 간 일이 있다. 하인이 이름을 부르기가 미안하여 "최 직장(종7품)이 왔습니다"고 아뢰니 최북은 "최 정승이라 하지 않고 어찌 직장이라 부르느냐"고 나무랐다. 하인은 웃으면서 "언제 정승이 되셨습니까?"고 반문하니 "그러면 직장이 된 적은 있었더냐. 헛벼슬로 부를 참이면 정승쯤으로 불러야지"하고 쏘아부치곤 그냥 돌아가 버렸다.

> 백마교 다리 위에 서니
> 산들바람에 버들 꽃 떨어지네
> 채찍을 들어 동쪽 길로 오르노니
> 창녀 집은 어디에 있는고.
> — 최북의 시 「야유랑 冶遊郞」

이 시는 동시대 문인들의 시집인 『풍요속선』에 실린 최북의 시다. 오언절구인 이 시는 괴짜 칠칠이의 시답게 제목 자체가 '놀기 좋아하는 낭군'인데다 시상이 엉뚱하면서 특이하여 읽을수록 감칠맛이 난다. 마지막 구절인 하처시창가(何處是娼家)를 읊조리며 창녀 집을 찾아드는 작달막 애꾸를 그려 보니 웃음이 절로 난다. 이렇듯 풍류학은 '허리하학'에 관한 일까지도 숨기지 않고 드러냄으로써 보상받는 멋진 학문이다.

최북은 가난 속에서 환쟁이로 살면서 그가 당한 고초는 이루 말할 수 없었다. 그러면서도 칠칠이는 평생 붓을 팽개치지 않은 호생관으로 살았다. 최북이 그린 '설강도'란 작품에 당대 시인인 신광수는 이런 시를 화제로 달았다.

장안에 그림 파는 최북이 보소/ 살림살이란 오막살이에 네 벽은 텅 비
었네/ 유리 안경 접어 쓰고 나무 필통 끌어내어/ 문을 닫고 종일토록 산
수화를 그려대네/ 아침에 한 폭 팔아 아침밥을 얻어먹고/ 저녁에 한 폭
팔아 저녁밥을 얻어먹고…

최북은 술로 살았다. 가난과 고통을 이기는 방법은 오로지 술뿐
이었다. 하루 평균 대여섯 되의 막걸리를 마셔야 잠이 들었다. 주광
(酒狂)으로 변해 술을 탐하다 보니 집안에 물건이 남아나는 게 없었
다. 그러나 한 가지 신기한 것은 그의 그림 속에서 취필의 기운을
별로 느낄 수 없는 게 의문이기도 하고 아쉽기도 하다. '취화선'
이란 영화로 유명해진 오원 장승업이 그린 손가락이 네 개뿐인 그
림을 보면 금방 취필을 느낄 수 있다. 연담 김명국에게선 그림 속에
술 냄새를 맡을 수 있다. 그러나 칠칠이의 그림에선 취필은커녕 모
범생의 답안을 보는 것 같아 맛이 덜하지만 그래도 어쩌랴. "산수
화를 그려 달라"는 어느 귀인에게 산만 그려 주었다. "물은 어디
갔느냐?"는 질문에 붓을 집어 던지며 "종이 밖은 모두 물 아니
오"라고 고함친 칠칠이의 분노를 상기할 필요가 있다. 종이 밖은
온통 취필인 것을.

최북은 누가 뭐래도 우리 회화사에 남을 칠칠이 풍의 그림을 여
러 점 남겼다. 자신은 고단하고 괴로웠지만 후학들이 본받을 만한
풍류로 요약할 수 있는 아름다운 삶을 살다 간 멋진 환쟁이다. 그는

어느 눈 오는 날, 크게 취해 돌아오던 중 성곽 모서리에 쓰러져 그렇게 죽었다. 그가 그린 최고의 걸작 〈풍설야귀인(風雪夜歸人)〉의 참 주인이 된 셈이다.

문득 연기를 바라보네

연기(煙氣)가 사라지고 나면 무엇이 남는가. 공(空)뿐인가. 공은 무
(無)와 같은 것인가. 흔히 공은 보이지 않는 꽉 참(充滿)이라는데
무도 결국 충만과 같은 개념인가. 물질이 불(火)이라는 에너지와
결합하면 재만 남기고 연기라는 단계를 거쳐 소멸되기 마련이다.
그러면 그 소멸은 생성의 시작인가 아니면 끝인가.

   질량불변의 법칙이란 게 있다. 프랑스의 화학자 라부아지에에
의해 발견된 것으로 물질을 구성하는 성분은 모두 생성물질을 구성
하는 싱분으로 변할 뿐이며, 물질이 절대로 소멸하지 않는다고 한
다. 그러면 물질이 불에 타 연기로 날아가고 나면 질량불변인 그 물
질은 어디에서 무엇이 되어 변하지 않고 우리와 다시 만나는가. 어
쩌면 공과 무 속엔 이런 변해 버린 물질의 질량들이 보이지 않는 형
태의 충만으로 대기하고 있다는 그 말인가.

   조선조 정조 때 괴짜 풍류객 이옥(1760~1813)이란 사람이 있었

다. 조선이란 시대 상황이 그의 큰 그릇에 턱없이 모자라는 식견과 재능이 넘치는 사람이었다. 과거 답안을 기상천외한 불온한 문체로 작성하여 제출했다가 정조 임금의 심기를 건드려 합격이 취소되고 경상도 장기로 군역이란 이름의 귀양살이를 자초한 사람이다. 대부분의 천재들이 그렇듯이 그런 게 대수는 아니다. 그가 쓴 불교의 연기설(緣起說)에 배치되는 「연경(烟經)」이란 산문을 잠시 읽어 보자.

송광사 향로전에서 원각경을 강의할 때 일이다. 담배가 피고 싶어 향로를 당기니 사미승이 법당 안에선 연기 나는 것을 금한다고 했다. 나는 말했다. 부처님은 향을 좋아하신다. 조석으로 향을 사르는 이유가 거기에 있다. 향은 연기이며 연기 이전 상태는 향이거나 담배일 뿐이다. 불로 사르면 향도 연기요 담배도 연기가 된다. 다만 이 연기와 저 연기일 뿐이다. 대자대비하신 부처님이 향 연기만 좋아하고 담배연기는 싫어할 까닭이 있겠느냐. 부처님도 나그네인 내게 손님 접대 명목으로라도 담배 한 대쯤은 권하지 않겠는가.

물질이 불을 만나 연기로 변하는 터에 향 연기는 좋고 담배연기는 나쁘다는 이분법으로 생멸의 가치를 따진다는 것 자체가 무의미하다는 논리다. 자, 둘째 라운드로 가자.

불은 하나인데 연기는 둘이구나. 향과 담배가 서로 인연이 있겠는가. 사미승이 대답했다. 앞 연기는 앞 연기고 뒤 연기는 뒤 연기인데 무슨 인연이 있겠습니까. 훌륭하도다. 아무 인연이 없다면 서로가 모를 텐데 어찌 앞 연기가 뒷 연기의 처지를 위해 줄 것인가. 제각기 연기를 피울 뿐이니 어찌 뒷 연기가 앞 연기의 복을 아껴주겠는가. 사미승이 합장하며 탄식해 마지않았다.

세번째 라운드.

연기는 불에서 오느냐, 향이나 담배에서 오느냐. 물질과 불이 만나지 않으면 어찌 연기가 나지 않는가. 사미승이 말했다. 향과 담배가 불을 만나야 비로소 연기를 얻게 됩니다. 훌륭하도다. 불이 화로 가운데 있고 향과 담배가 갑 속에 있으면 불은 불이고 향은 향일뿐이다. 불과 향이 서로 만나지 못하면 부처님도 향 연기를 마실 수 없을 것이다. 서로가 만나야 하는 것이 세상 이치일세. 사미승이 눈물을 줄줄 흘리며 말했다. 저는 조실부모하여 15세에 중이 되었습니다. 절에 산지가 스무 해가 지났습니다. 머리를 깎는 것은 향을 불에 던져 태우는 것과 같습니다. 저는 스스로 태우려 한 것이 아니라 잘못 떨어져 타고 말았습니다. 타지 않으려 해도 이미 불타 버렸으니 어찌할 도리가 없습니다. 사미승에게 말했다. 향은 향 연기가 되고 담배는 담배연기가 된다. 연기의 질은 다르지만 연기인 점은 같다. 물질이 변하여 연기가 되고 연기가 변하여 무(無)가 된다. 이 법당 안에 향 연기와 담배연기가 어디에 있는가. 세상은 하나의 큰 향로일세. 사미승은 울음을 그치지 않았다.

임금에게 밉보여 청운의 뜻을 펴지 못하고 군역을 살러 가던 길에 잠시 들린 절 법당에서 펼친 그의 설법 같은 논리가 나를 잠시

'연기 묵상'으로 이끌었다. 망우초(忘憂草)선사의 이날 법문은 인간이 깔고 앉아 있는 원죄의 슬픔을 말하려 했음인지 아니면 법당 안에서 담배나 한 대 피워 보자며 늘어놓은 궤변인지 나로선 가늠하기가 몹시 어렵다. 연기로 사라지고 나면 무엇이 남는가?

갑자기 불가리아 출신 샹송 가수 실비 바르탕이 부른 '무명용사(Les Hommes)'라는 노래가 듣고 싶어졌다. "그대는 한 줌의 연기로 산화했지만 역사는 그대를 기억하고 사람들은 그대를 찬양할 것이다." 그렇다. 사람도 재를 남기고 연기로 흩어지지만 그 빈자리는 절대로 공과 무로 남지 않는다. 연기로 사라진 질량은 이렇게 역사와 기억으로 존재하여 질량불변의 법칙을 증명하고 있는 것을. 문득 연기를 바라보네.

문신으로 그린 〈귀두 문예도〉

옛날 일본 야쿠자 조직들이 문신(tatoo)대회를 연 적이 있다. 누구의 문신이 가장 화려한가에 초점이 맞춰져 있었지만 문신을 할 때 당한 고통도 간과하지 않았다. 대회 장소는 도쿄 변두리 비밀장소였다.

일본 전역에서 문신을 자랑하고 싶은 야쿠자들이 대거 참가했다. 참가자들은 야쿠자 특유의 건장한 몸에 새긴 문신이 잘 보이도록 웃통을 벗기도 하고 어떤 이는 아랫도리까지 몽땅 벗고 다다미방에 줄지어 늘어앉았다. 문신된 몸은 살아 있는 화폭처럼 현란했다. 청룡과 황룡이 온몸을 휘감은 이가 있나 하면 어떤 이의 등에는 토끼를 채 가는 독수리가 아름답게 새겨져 있었다. 전문 식견이 없으면 우열을 가리기 어려웠다. 그런데 참가자 대열의 맨 끝에 아주 야윈 체격의 노인이 앉아 있었다. 그도 역시 전라(全裸)상태였지만 신체의 어느 곳에도 문신한 흔적은 보이지 않았다. 다만 삿갓을 눌러쓰고 있었기 때문에 그가 누구인지 쉽게 알아볼 수 없었다.

드디어 심사가 시작됐다. 여러 명의 심사위원들이 채점표를 들고 차례대로 돌고 있었다. 마지막으로 야윈 노인 앞에 선 위원들은 고개를 갸웃거렸다. '문신하지 않은 사람이 왜 문신대회에 나왔느냐?'는 무언의 질문이었다. 노인은 아무 말도 하지 않았다. 그러던 중 위원 중의 한 사람이 채점표를 바닥에 떨어뜨리더니 노인 앞에서 예를 갖춰 절을 올리는 게 아닌가. 노인의 몸 어느 부분에 새겨진 문신 그림을 발견하고 취한 행동이었다.

심사위원들이 단상으로 돌아가 채점을 마무리 짓는 어수선한 순간에 노인은 옷을 챙겨 입고 말없이 사라졌다. 그의 행동은 노인답지 않게 날렵했다. 장내가 정돈되고 발표가 있었다. 화려한 문신을 한 야쿠자 청년들은 자신의 이름이 호명되기를 기다렸지만 대상은 노인에게 돌아갔다. 알고 보니 주소 성명 모두가 가명이어서 그를 찾을 수는 없었다.

조선조 인조 때 연담(蓮潭) 김명국이란 화가의 일화 중에 '공주의 머리빗 그림'이란 것이 있다. 그림을 좋아했던 인조가 노란 비단을 입힌 빗 첩에 그림을 그려 올리라고 명했다. 연담은 밸이 꼴렸지만 안 그려 바칠 수가 없어 열흘 뒤에 빗 첩을 올렸다. 임금은 아무리 살펴봐도 그림이 보이지 않았다. 화가 난 인조는 벌을 주려고 연담을 불렀다. "네 죄를 네가 알렸다." "신은 분명히 그림을 그려 넣었습니다. 다음날 저절로 알게 될 것입니다." 아버지로부터 빗 첩을 선물 받은 공주는 다음날 머리를 감고 빗을 들었다. 그런데 빗 가장자리에 이 두 마리가 슬슬 기어가고 있는 게 아닌가. 손톱으로 꾹 눌러 죽이려 했으나 이는 여전히 살아서 기어가고 있었다. 자세히 보니 솔거의 노송도에 참새가 머리를 박고 떨어지듯 연담이 그린 이 두 마리도 공주의 빗 손잡이에서 행진을 계속하고 있었다.

김명국은 오원 장승업과 더불어 조선시대 신필로 꼽히는 사람이다. 이들의 닮은 점은 그림을 잘 그리는 환쟁이란 것 외에 술을 마셔야 붓을 드는 것이었다. 김명국은 노년에 들어 취옹(醉翁)이란 호를 자주 썼는데 호 그대로 주광(酒狂)이었다. 그는 아무리 돈을 많이 주어도 취하지 않으면 그리지 않았다. 그리고 생사여탈권을 쥐고 있는 임금에게도 수가 틀리면 이를 그려 야유하는 배포를 지니고 있었다. 후대의 김창흡이란 문인은 연담의 신필 산수도를 보고 이런 찬시를 읊은 적이 있다.

어우러진 돌과 숲에 담 싸인 산의 형세
층층난 흰 구름 어이 그리 황홀한고
연담의 붓끝이 이처럼 신묘하여
한 번 펴서 보고 십 년토록 탄복했네.

앞에 이야기한 깡마른 노인은 야쿠자가 아니라 도인이자 프로 풍류객이다. 그는 문신대회를 여는 야쿠자들의 짓거리가 못마땅해 한 수 가르쳐 주기 위해 먼 길을 마다하지 않고 달려온 것이다. 진정한 풍류객은 한 시대를 다스리고도 남는 힘을 가지고 있다. 노인의 문신 부위는 바늘 한 땀에 기절초풍할 정도로 아픈 남성의 귀두(龜頭)였고, 그 위에서 모기 한 마리가 피를 빨고 있는 장면이 문신의 전부였다.

수시로 문신대회 비슷한 것이 열리고 있는 청와대와 국회에도 '귀두 문예도(龜頭 蚊蚋圖)' 문신을 한 깡마른 도인 한 분이 찾아와 한 수 가르침을 주셨으면…

6.

학풍 속의 유전자

정충에는 두 종류가 있다. 힘차게 헤엄치는 긴 꼬리 정충과 꼬리가 돌돌 말린 짧은 놈이 그것이다. 긴 꼬리는 난자에 수정하는 공격수 역할을, 말린 꼬리는 자궁 안을 배회하는 다른 남자의 정충을 끌어안고 자폭하는 수비수 임무를 띠고 있다.

『철학 카페에서 문학 읽기』라는 책을 읽다 이 대목에 이르자 정자와 난자가 만나는 아름다운 관계를 그려 보다가 '유전자가 미칠 수 있는 영향'에 대한 생각을 하게 되었다. 유전인자는 정자와 난자의 줄기세포 속에만 꼭꼭 찍혀 있는 깃일끼.

게놈은 후대로 태어나는 개체의 용모와 몸매에 결정적인 역할을 하는 것은 사실이다. 그러나 개체의 생각과 사상 그리고 '몸짓'이라고 뭉뚱그릴 수 있는 모든 동작은 성장과정에서 오감(五感)을 통해 배우고 느낀 것이 더 많이 작용하지 않을까.

'본 게 본 바'라는 말이 있다. 사람의 행실을 평할 때 자주 쓰는 말이다. '본 것이 바로 교육'이란 뜻이다. 보고 듣고 느낀 대로 실천하는 것이 동물사회의 일반적인 속성이라면 후천적 환경적 요인도 선천적 유전인자 못지않게 중요할 것 같다.

조선시대 최고 풍류객 중의 한 사람인 백호(白湖) 임제(林悌)는 선·후천을 통해 타고난 바람을 갈고 닦은 양수겸장의 명인이다. 그의 가계를 살펴보면 8대조가 고려 말 두문동 72현 중의 한 사람이었으니 절개와 고집은 알 만하다. 아버지는 병마절도사였으니 살림 형편은 옹색하지 않았다. 열여섯 살 때 결혼했으며, 장인은 당대 명현인 대사헌 김만균이었다. 총명한 임제는 어려서부터 고문을 줄줄 외었으나 타고난 호탕한 성격을 주체할 수 없었다. 열여섯 살이 될 때까지 스승인 김흠(金欽) 밑에서 글공부를 했으나 주사와 창루만 눈앞에 어른거렸다. 어머니의 죽음은 유곽을 뛰쳐나오게 했다. 뒤늦게 공부에 매달렸으나 과거에는 번번이 낙방했다.

타고난 바람기를 시로 달래던 임제는 스물두 살 되던 겨울 어느 날 호서지방을 거쳐 서울로 올라가는 길에 지은 시 한 수가 속리산 기슭에 숨어 사는 선비 성운(成運)의 눈에 띄어 사제지간의 연분을 맺게 된다. 무릇 운명이란 하늘이 미리 그려 두고 있는 인생의 약도 같은 것이지만 한 사람의 생애를 추적하다 보면 어렵잖게 피할 수 없는 운명과 마주치게 될 때가 흔하다. 그럴 때마다 운명의 신묘한 조화는 사람의 힘으로 수정하거나 변경할 수는 없을 것이란 나약한 마음이 앞서곤 한다.

성운과 임제는 유전자를 주고받은 친 부자 관계는 아니지만 두 사람의 닮은꼴 성품은 오히려 그 이상이다. 성운은 1545년 을사사화에 형인 성우(成遇)가 희생되자 큰 충격을 받는다. 그는 30세에 사마시에 합격하고 이어 문과에 응시하여 벼슬길에 나서려 했으나 마음이 이를 허락하지 않았다. 그는 입신출세의 길을 포기하고 처가가 있던 충청도 보은의 종곡리 산골로 숨어든다.

전원 속 변화 없는 일상은 삶의 안정과 평온은 주었지만 마음속에 일고 있는 갈등은 쉽게 잠재우지 못했다. 회오리바람처럼 불어닥치는 마음 깊은 곳의 바람을 "사람들은 문 닫고 누운 것만 보고서 세상 명예 다 잊었다 잘못 말하네"라고 읊기도 했지만 그래도 깨어 있는 영혼은 두 눈을 말똥말똥 뜨고 출세영달의 길로 나아가보라며 등을 떼밀곤 했다.

여름 숲은 휘장 되어 한낮에도 어둑한데
시냇물과 새들 소리 고요한 속 요란하네
길은 이미 끊어져서 올 사람 없으리니
산 구름 불러와서 골짝 문을 잠그리라.
─ 성운의 시

이런 와중에 샛별처럼 빛나는 임제가 제자 될 것을 청하며 나타난다. 스승을 만나러 온 임제는 사립문에 들면서 "도는 사람 멀리

215

않는데 사람이 도를 멀리 하고, 산은 세속 떼어 놓지 않는데 세속이 산과 떨어지네"란 시 한 수를 읊는다. 이로부터 삼 년 동안 임제는 스승 밑에서 피나는 공부를 한다. 타고난 천재성에 성운이란 강직한 선비의 사상과 학문 그리고 역사를 보는 안목까지 일일이 기록하듯 핏줄이 아닌 머릿속 줄기세포에 꼼꼼하게 심어 둔다. 이른바 학풍이 학맥을 타고 이어지는 시간이다.

피비린내 나는 조정 풍토가 싫어 산간으로 숨어 든 성운은 "골짝에 찾는 손님 없다고 한탄 마오, 창문 밖 푸른 산이 바로 벗 아니겠소"라는 선비 특유의 시심을 풀어가며 정성껏 제자를 가르친다. 임제는 공부도 공부려니와 스승과의 대화를 통해 '대자유'의 사상을 몸으로 익히고 머리가 따르도록 부단한 노력을 게을리하지 않는다. 나중 스승의 품을 벗어나 관직에 오른 임제는 10년이 채 되지 않아 스승이 그랬던 것처럼 자신을 압박하는 벼슬을 벗어 던지고 대자유인으로 돌아와 주유천하의 길을 걷는다. 그는 산수 간에 갇혀 사는 스승보다 한 술 더 떠 황진이 무덤에 술 한 잔 따르며 시를 읊고, 찬비 맞아 후줄근해진 몸을 평양 기생 한우에게 던지며 시 한 수 짓는다.

세수 39세. 유전자가 시키는 대로 살았지만 천재의 생은 너무 짧아 애달프다. 자유로운 것치고 외롭지 않은 존재가 어디 있으며, 달관과 해탈도 결국 쓸쓸함에서 잉태된 한 가닥 매듭일 뿐인 것을.

바람에 부치는 편지

어느 하루도 울고 싶지 않은 날은 없다. 한세상 살다 보면 맑고 고요한 날에도 마음속엔 비바람이 불고, 오뉴월에도 서리가 내리는 날이 하루 이틀이 아니다. 짧든 길든 한 생애를 살고 있는 목숨에게 던져진 화두 자체가 '외롭고 쓸쓸함'인 것을 난들 어쩌랴.

　어느 시인은 "구름은 늘 실수하고, 바람은 언제나 실패한다. 실수는 삶을 쓸쓸하게 하고, 실패는 생 전부를 외롭게 한다. 물속을 들여다보면 구름은 항상 쓸쓸히 아름답고, 바람은 온 밤을 갈대와 울며 지샌다. 나는 구름과 바람의 길을 걷는다"고 읊었다. 딱 맞는 말이다. 바람과 구름은 붙어 다닌다. 바람이 혼자 다니면 아무도 '바람'이라고 불러 주지 않는다. 바람이 눈에 보이면 어느 누가 비행장에 바람주머니를 달겠으며, 기상대 잔디 언덕에 풍향계를 세웠을까. 바람이 구름을 밀고 가거나, 시인의 시를 서풍에게 부칠 때 사람들은 비로소 "바람이여"라고 말한다. 그래서 바람은 현악기의 활(弓)과 같다. 바람과 활은 스스로는 울지 못하지만 남의 가슴을 파고들어 스치고 지나갈 때 그때서야 소리 내어 울게 만든다.

사막은 바람이 만들어낸 걸작이다. 사막의 모래톱에 새겨진 자국들은 바람의 아픔이다. 어디 사막뿐이랴. 이 세상의 수많은 흔적들은 바람의 손길이 닿지 않은 것이 없으며 소리 없이 울음을 울게 하는 모든 사랑의 상처도 바람의 짓이다. 바람이 만든 사막은 물 한 모금 풀 한 포기 없이 텅 비어 있듯 바람은 존재의 근원인 슬픔을 불러내 그 삶을 가볍게 덜어 준다. '태산 밑 하늘 아래 뫼'의 주인인 봉래(蓬萊) 양사언(1517–1584)은 바람처럼 살다 바람처럼 떠난 사람이다. 흔히 '바람'이라 불러도 좋을 한 시대를 풍미한 풍류객들은 대체로 시대와 불화했거나 아니면 벼슬살이에는 관심이 없어 산수 간을 떠돈 선비들이다.

서른 살에 과거에 급제한 양사언은 관직에 연연해 하지 않았다. 조정의 실력자에게 아첨하지 않았기 때문에 주로 함경도와 평안도 그리고 강원도의 외직으로만 돌았을 뿐 잇속 있는 내직은 한 번도 맡지 못했다. 그러나 그게 뭐 대순가. 그는 시간을 쪼개서라도 이름 난 골짝을 찾아다니며 장기이자 취미인 시를 짓고 대필을 먹물에 찍어 휘둘렀다.

나는 동해시 삼화동에 있는 삼화사 무릉계곡에서 봉래 선생을 만난 적이 있다. 댓재에서 출발하여 두타산에 올랐다가 오십 리 길

을 일곱 시간 걸어 계곡으로 내려오니 너럭바위 위에 '무릉선경 중
대천석 두타동천(武陵仙境 中臺泉石 頭陀洞天)'이란 글씨를 써 두
고 만면에 웃음을 띠고 서 계셨다. 그러한 잠시, 날은 이미 어두워
지고 산행팀별 호루라기 소리로 주변이 소란스러워지자 내가 의관
을 갖추고 인사를 채 드리기도 전에 자리를 피하셨는지 선생께서는
보이지 않았다. 어찌 눈에 보이는 것만 보인다고 말할 수 있는가.
보이지 않는 것이 보이는 것의 위에 있는데 우리는 왜 보이는 것에
만 집착하는 것일까. 누가 무어라 해도 나는 지금도 무릉계곡 너럭
바위 위에서 봉래 선생을 직접 만나 뵌 적이 있다고 감히 말할 수
있는 것이다.

명필이었던 양사언은 뛰어난 시인이었다. 그는 용과 뱀이 꿈틀
거리는 것처럼 바람이 이는 서법으로 초서를 썼으며, 시는 선비처
럼 고고한 고향마을의 학을 주로 읊었다. 그의 족적은 고향인 포천
의 백운산과 금수정 일대, 함경도 함흥과 안변 그리고 설악산 주변
과 그가 가장 좋아한 금강산 주변에서 두루 찾을 수 있다. 금강산
불정대에서 읊은 시 한 수를 읽어 보자.

산악으로 안주를 삼고
청해로는 술 못 만들리
광객의 노래로 만고를 슬퍼한 뒤
취하지 않으면 아니 돌아가리라.

이 시를 보면 세상사에 묶이지 않는 호기로움이 엿보이기는 하나 시대와 타협하지 못하는 지식인의 슬픈 자화상이 행간마다 비친다. 그래서 양사언의 시는 바람이 지나간 뒷자리처럼 쓸쓸하고 외롭다. '취하지 않으면 아니 돌아가리라'는 시구(詩句) 앞에서는 시인과 퍼질러 마주 앉아 밤새도록 통음하면서 함께 울고 싶다.

양사언은 40년간 관직에 있으면서 청백리에 속할 만큼 깨끗했고 유족에게 별 유산을 물려주지도 못했다. 그는 미래를 보는 눈이 있어 벼슬살이도 지혜롭게 했으나 만연에 어쭙잖은 화재 사건에 책임을 지고 해서로 귀양을 가게 됐다.

2년 뒤 귀양에서 풀려 돌아오는 길에 기이한 일이 일어났다. 양사언은 20여 년 전 강원도 고성의 구선봉 기슭 감호라는 호숫가에 비래정(飛來亭)이란 정자를 지어 날 비(飛) 자 한 자만을 써 족자로 걸어 두었다. 어느 날 밤 일진광풍이 일어 정자의 잠긴 문이 열리고 병풍과 족자가 몽땅 마당으로 쓸려 나갔다. 그런데 이상하게도 '飛' 자 족자는 바람을 타고 하늘로 치솟아 가뭇없이 사라지고 말았다. 그날은 1584년 5월 2일로 양사언이 유배가 풀려 집으로 돌아오는 길에 객사한 날이었다.

산수 자연을 즐김이 고질병 되어/ 한평생 마음을 창주에 두었다네/ 토구는 본래 내 고향 땅으로/ 부귀를 준다 해도 내 뜻대로 하리라/ 봄바람 언덕 위에 참외를 심고/ 가는 비 낚시터에 고기를 낚으리/ 흰 귀밑

머리 쓸쓸함에 노쇠함 더하기에/ 고향에 돌아가 한 쌍의 백구를 따르리라.

양사언은 그렇게 그리워하던 고향으로 돌아가지는 못했다. 바람 속에 떠다니는 족자를 타고 여전히 바람처럼 그렇게 살고 계시리라. 그러고 보니 '飛' 자는 사람이 바람을 타고 날아가는 아득한 형상의 글자와 꼭 닮았네.

승복 입고 파계승 춤을 추려고

스승 없는 삶의 연속이 나의 생애였다. 스승이 없었으니 존경하는 이가 없었다. 지금도 그렇지만 나는 누구를 가슴속으로 깊이 흠모해 본 적이 별로 없다. 학창시절에 존경하는 이의 이름과 좌우명 등을 쓰라는 신상카드가 배부될 때 마다 곤혹스러웠다.

친구들은 '이순신' '김구' 등 단골손님들의 이름을 잘도 써넣었지만 나는 그게 싫었다. 이렇게 말하면 '건방져서 그렇다'고 말하는 사람이 있을지 모르지만 전혀 그렇지 않다. 나는 동시대를 살아가고 있거나 내보다 앞서 세상을 살다간 현자(賢者)와 은자(隱者)를 존경하고 사랑한다. 책에서 본 그들의 숫자가 너무 많아 어느 한 사람을 내세울 수가 없을 뿐 내 마음속엔 그들에 대한 존경심으로 가득하다.

세상 사람들은 학문과 학통을 이어 주는 사람만을 스승으로 모시는 관습에 사로잡혀 있다. 나 역시 그랬다. 배움이 일천한 나는 스승이 없는 것을 당연하게 생각해 왔다. 그런데 나이가 차면서 곰곰 생각해 보니 세상에는 스승 아닌 것이 없고 삼라만상이 진리 아닌 것이 없다는 생각에 이르게 되었다.

'벗만 한 스승이 없고, 스승만 한 벗이 없다'는 옛말이 있다. 유학의 허위를 폭로하여 이단으로 몰리기도 했던 명나라의 걸출한 사상가인 이지(李贄)는 "벗(友) 앞에 스승(師) 자를 붙여(師友) 벗을 스승으로 모시지 못할 이유가 없으며 스승으로 모실 수 없으면 벗도 될 수 없다"고 주장한 적이 있다. 이지의 글은 그동안 스승 없이 떠돈 나에게 광명의 햇살이었다. 나는 '스승이 없다'고 한탄할 것이 아니라 주변에 있는 뜻이 맞는 선배와 동료 그리고 후배들을 스승으로 모시기로 마음으로 정했다. 일일이 이름을 거론할 수는 없지만 깡패 화가, 거지 시인, 땡초 스님, 게으른 예술가, 느슨한 풍류객 등 어느 한 면은 진정으로 아름다운 이들을 스승으로 모셨다. 이지의 말대로라면 그들은 모두 나의 벗이었다.

내 나이 지천명에 이르렀을 때 하늘이 스승 한 분을 만나게 해주셨다. 건축가이자 민속학자인 조자용 선생님. 언론계 선배의 소개로 속리산 정이품송 옆 에밀레박물관에서 첫 인사를 올렸다. 사랑이 눈으로 오듯 사제의 인연도 그렇게 눈으로 오는 듯했다. 나는 만나 뵙는 순간 이름 지을 수 없는 그 무엇에 압도당해 버렸고, 선생님은 자신에게 취해 버린 후학의 마음을 따뜻하게 이해해 주시는 것 같았다. 그것은 마치 서른다섯 살 아래인 율곡이 도산서원으로 퇴계를 찾아갔을 때 스승은 이틀 밤을 재운 뒤 제자를 망년우(忘年友·나이를 떠나 사귀는 벗)로 삼아 우정이 더욱 돈독해 지기를 바라는 것과 같았다.

봄날에 천하 재사 반가이 만났으니
머문 지 사흘 만에 정신이 통하는 듯 …
술 다시 권하기엔 나는 이미 늙었지만
망년 우정 이로부터 더욱더 가까우리.
— 퇴계의 시

조자용 선생님은 생면부지의 시골뜨기인 나를 처음 만난 그날 밤 제자로 받아 주셨다. 우린 자리를 옮겨 박물관 앞 목로집 바닥에 퍼질러 앉아 막걸리를 마시며 밤을 샜다. 마신 술의 취기가 아침 해의 붉음으로 떠오르자 나는 제자의 예를 갖춰 큰 절을 올렸다. 목로집은 다져지지 못한 황토바닥이었으나 개의치 않았다.

선생님은 스승으로서 무엇을 가르치려 하지 않았지만 나는 그림자만 따라 다녀도 배울 게 많았다. 가르침과 배움은 언뜻 보면 상하관계에 있는 듯하지만 꼭 그렇지는 않은 것 같다. 그것은 마음의 자세에 따라 수평관계일 수도 있다. 사제지간이 망년우로 변하는 이치와 비슷하다. 선생님은 그렇게 나를 대해 주셨다.

어느 날 선생님이 보내 온 편지를 보니 나는 조자용 두령(頭領) 휘하의 두목(頭目)이 되어 있었고, 산적들의 통지문처럼 '개천절 전 날 국중대회(國中大會)를 여니 참석자는 한복을 입고 집결하라'는 내용이 담겨 있었다. 나는 불국사에 계시는 서인 스님(해병 대령 출신)에게 급히 연락하여 승복 한 벌을 빌려 입고 몇몇 친구들과 함께 국중대회에 참석한 게 제자가 되고 난 후의 첫 나들이였던 셈이다.

속리산 국중대회가 열릴 때마다 나는 승복을 입고 출전하여 신명이 접히도록 춤을 추었다. 선생님은 잔치가 무르익을 즈음이면 "춤을 춰라 춤을 춰, 춤을 누가 배워서 추나"라고 고함을 지르고 다니셨고, 나와 눈이 마주치면 그윽한 눈길로 무언의 격려를 주시곤 했다.

우리 문화를 누구보다 사랑하신 선생님은 국중대회 비슷한 행사를 전국 여러 곳에서 열었다. 어느 해에는 인사동에 차 없는 날을 택해 보름놀이가 열렸다. 나는 친구 둘을 데리고 예의 승복을 입고 서울 한복판으로 진격했다. 선생님이 키 큰 나에게 횃불을 맡기시길래 그놈을 들고 뛰어다니며 술을 주는 대로 마셔 버려 대취하고 말았다.

그날 밤 나는 승복 두루마기를 선생님과 함께 술을 마시던 어느 카페에 벗어두고 대구로 내려와 버렸다. 그 두루마기는 선생님이 수습하여 삼 개월 뒤 소포로 보내 주셨다.

어느 겨울 아침, 선생님이 이 세상 소풍 끝내고 귀천하셨단 소식을 답사여행중에 듣고 집으로 돌아와 승복을 불태워 하늘나라로 먼저 올려 보냈다. 나중 저승에서 선생님을 만나 뵐 때 다시 입고 파계승 춤을 추려고.

사랑하다가 죽어버려라

병영에서 가장 부족한 것이 성(性)이다. 사병은 사병대로, 장교는 장교대로 성은 모자랄 뿐 넘치는 법이 없다. 그래서 막사의 밤이 자칫 남성끼리의 계간(鷄姦)으로 이어져 군기가 문란해질까봐 군법은 '전시에 계간하는 자는 사형에 처한다'고 엄하게 다루고 있다.

군에서 들은 이야기다. 전쟁중에 치열하던 전투가 잠시 소강상태에 접어들면 사단 본부사령과 전속 부관들은 사단장을 비롯한 장군들의 성을 해결하기 위해 야간 조달 작전에 나서야 했다. 수송 작전에는 쓰리 쿼터와 드럼통이 주로 동원됐다. 아가씨들을 차 바닥에 앉히고 그 위에 숨구멍만 뚫어놓은 드럼통을 덮어 몰래 싣고 왔다가 일이 끝나면 다시 내보냈는데 이 작전은 전투보다 오히려 치열했다고 한다.

지금은 전시가 아니어서 부사관 이상 장교들은 모두 출퇴근을 하기 때문에 병영에서의 성이 그렇게 희소가치가 높진 않다. 그런데도 최근 어느 부대에서 대대장이 예쁘게 생긴 병사를 자신의 사무실로 불러 상습적인 성추행을 했다는 보도는 뒷맛이 개운치 않다. 한술 더 떠 어느 군 출신 장관은 미국에서 온 린다 김이란 묘령의 여성에게 얼굴 뜨거울 정도의 구애 편지를 보낸 것이 들통나 나라의 군사기밀 이 로비스트와의 섹스 대가로 빠져나가지 않을까 하는 걱정이 앞서 기도 했다. 그러면 조선 시대 병영 안 성의 현주소는 어땠을까.

예나 지금이나 병졸들은 굶주리게 마련이었고, 각 부대의 우두 머리와 참모들은 성 밖의 창루 출입으로 가까스로 해결했을 것으로 보인다. 그러나 사령관에 해당하는 장군들은 드럼통 수송작전을 하지 않아도 기생 애첩을 두고 사랑도 하고 시름도 달랬을 것이다.

임진왜란 당시 평양성을 지키던 김응서(1564-1624, 나중 김경서 로 개명) 장군의 예를 살펴보자. 장군은 평양 기생 계월향(桂月香) 을 정인으로 두고 지냈다. 전형적인 조선 미인인 월향은 장수의 기 개가 남다르고 애국심이 투철한 장군을 사모하고 있었으며, 장군 또한 기생이지만 몸가짐이 반듯한 그녀를 사랑했다. 임진왜란이 터지고 채 두 달이 되지 않아 고니시 유키나가의 선봉은 싸움 한 번 하지 않고 평양성을 함락시켜 버렸다. 이때 월향이도 포로로 잡혀 고니시의 심복인 고니시 히의 진중에 머무르게 되었다. 월향의 미 모에 반한 왜장은 손아귀에 들어온 미색을 놓아 주지 않았다. 몸을 도사리며 앙탈을 부려 봤자 '얻을 것이 없다'고 판단한 월향은 왜장에게 온갖 교태를 부리며 달아날 계책을 꾸미고 있었다. 월향은 평소 존경하며 사랑하고 있던 김응서 장군을 친 오라버니라고 속이고 막사 안으로 불러들여 술 취한 왜장의 목을 한달음에 베어 버렸다. 장군은 거사 직후 월향과 함께 탈출을 시도했지만 말을 탈 줄 모르는 여인을 데리고 성 밖으로 나갈 수가 없었다. 혼자 남은 월향은 장군이 떠나자 자결하고 만다.

왜장의 피살 소식이 진영 안으로 퍼지자 병사들의 사기가 꺾여 평양성은 함락 육 개월 만에 수복됐다. 이는 김응서 장군이 뿌린 사랑의 씨앗이 아름다운 결실을 맺은 것이다. 월향은 진주 남강에서 왜장 게야무라를 껴안고 투신한 논개와 더불어 조선시대 양대 의기(義妓)로 손꼽히고 있다. 만해 한용운은 '계월향에게'라는 흠모시를 이렇게 읊었다.

계월향이여. 그대는 아리따웁고 무서운 최후의 미소를 거두지 아니한 채로 대지의 침대에 잠들었습니다/ 나는 그대의 다정을 슬퍼하고 그대의 무정을 사랑합니다// 대동강에 낚시질하는 사람은 그대의 노래를 듣고 모란봉에 밤놀이 하는 사람은 그대의 얼굴을 봅니다/ 아이들은 그대의 산 이름을 외우고 시인은 그대의 죽은 그림자를 노래합니다// … / 그대의 붉은 한은 현란한 저녁놀이 되어서 하늘 길을 가로 막고 황량한 떨어지는 날을 돌이키고자 합니다/ 나는 황금의 소반에 아침볕을 받

치고 매화가지에 새 봄을 걸어서 그대의 잠자는 곁에 가만히 놓아 드리
겠습니다// …

월향이란 기생이 목숨을 걸고 사랑한 김응서 장군은 어떤 사람
이었을까. 최근 계월향의 초상화가 발견되어 장안에 화제를 불러
일으켰지만 장군의 초상은 전해 오는 것이 없어 다만 역사적 사실
에 기초하여 유추 짐작만 해볼 뿐이다. 모르긴 해도 짙은 눈썹에 구
렛나루 수염이 무성한 전형적인 호남이었을 게다. 거기에다 의리
가 지주가 되어 그의 인간됨을 받치고 있었기 때문에 월향과 같은
기생이 목숨을 걸었을 것으로 보인다. 장군의 품성은 임진왜란이
발발한 후 아버지가 타계했단 부고를 받고도 군영을 떠나지 않았으
며, 이태 뒤 어머니가 사망했을 때도 고향으로 돌아가지 않을 정도
로 강직했다.

장군은 해야 할 일과 하지 않아야 할 일을 분명히 구분했다. 그
러니까 월향을 대할 때도 기생의 신분을 천하게 여기지 않았으며,
사랑을 할 때도 마음을 얹어 사랑을 했을 것이다. 기생은 자신을 알
아주는 사람에겐 생명도 줄 수 있지만 돈으로 환심을 사려는 남자
에겐 몸은 주어도 마음은 주지 않는 법이다.

월향이는 '사랑하다가 죽어 버려라'는 시구(詩句)를 사백여 년
전에 몸으로 실천한 조선 최초의 여자다. 월향이를 한 번쯤 만나 보
고 싶다.

기러기가 물고 온 모자

우리 집에서 잠자고 가기를 좋아하는 친구가 있었다. 그 친구는 자고 나선 새벽에 도망치듯 사라졌다. 그럴 때마다 벽에 걸려 있는 그림도 함께 없어졌다. 친구가 좋아서 우리 집에서 자고 가는 것이 아니라 그림이 탐나 그걸 챙기려고 그러는 걸 나는 감쪽같이 모르고 있었다.

그는 서울 태생으로 승마 선수다. 키도 덩치도 출중하고 인물도 아주 호남으로 생겼다. 체격이나 용모보다 넉살과 속칭 '뻔찌'가 워낙 좋아 가히 따를 사람이 없었다.

우리 집에 처음 온 날 새벽, 청담 스님이 그린 반의 반절짜리 선화(禪畵)가 없어졌다. 그 그림은 큰 동그라미 옆에 불(佛) 자를 힘차게 쓰고 세필로 정미(丁未) 참꽃 청담(靑潭)이라 쓴 것으로 부처님을 그리지 않았어도 엎드려 절하고 싶은 마음이 이는 아주 멋진 작품이었다. 이 선화는 70년대 초 청담 스님이 대구에 오셨을 때 내

가 다니던 신문사의 문화부장에게 그려 준 것이다. 그후 신문사가
폐간되고 문화부장이 표구점을 열면서 진열해 둔 것을 하도 탐이
나 당시 한 달 월급보다 더 많은 돈을 주고 산 것이다.

잰걸음으로 서울로 올라간 친구는 몇 달이 지나도록 전화 한 통
없었다. 그러다가 느닷없이 러시아의 길거리 화가가 그린 싸구려
썰매 그림 한 점을 들고 우리 집을 다시 찾아 왔다. 그날밤 늦게까
지 술을 마시고 새벽에 일어나니 친구는 또 간 곳이 없었다. 서쪽
벽에 걸려 있던 죽농 서동균 선생의 소품인 기러기(雁) 그림도 친구
를 따라갔는지 보이지 않았다. 결승전에서 연타석 홈런을 맞은 패
전투수보다 마음은 더 쓰리고 아팠다. 그러나 어쩔 수 없었다. 삼십
여 년 전의 일이다.

벼루를 보고 나는 갖고 싶은데/ 친구는 몹시 곤란하다는 낯빛을 보이
네/ 미불(米芾)은 옷소매에 벼루 숨겨 훔친 일 있고/ 소동파는 벼루에
침을 뱉어 가진 일 있지/ 옛사람도 그러 했거늘 나야 말해 무엇하랴!/
낚아채 달아나니 걸음도 우쭐우쭐/ 이 벼루는 색깔이 붉어 그리도 얻기
어려운 겐가?/ 적간관(赤間關)이란 그 이름이 이상할 것 없구나.
― 유득공의 시 「적간관연가 증잠부」

이 시는 벼루를 낚아채 달아난 벼루광 유득공이 쓴 것이다. 이서
구의 사촌 동생인 시인 이정구가 통신사 일행으로 일본을 방문했을
때 시모노세키에서 아주 비싼 값을 주고 사온 적간관 벼루를 훔쳐

232

간 미안한 마음을 시로 읊어 답례로 보낸 것이다. 이 벼루는 일본에서도 최고 명품에 속하는 것으로 자줏빛을 띠고 있는 데다 결이 가늘고 습기를 잘 품어 먹을 희한하게 잘 내는 것으로 알려져 있다. 아무리 벼루광이라고 하더라도 유분수지, 빼앗아 간 자의 기쁨보다는 빼앗긴 자의 아픔이 아마 열 배는 더 컸으리라. 그러나 곰곰 생각해 보니 그건 친구에게 두 번이나 그림을 도둑맞아 본 경험이 있는 나의 심정일 뿐 문학과 풍류라는 큰 테두리에서 보면 그런 어처구니없는 일들이 심심찮게 일어나야 세상 살아가는 맛이 날 것 같은 생각이 들기도 한다.

오래 전에 읽은 책이어서 기억이 선연하진 못하지만 시조 시인 김상옥의 산문집에 이런 이야기가 나온다. 골동을 좋아해서 예쁜 복숭아 연적을 심심할 때마다 매만지곤 했었는데 가까운 친구가 자꾸 그걸 탐내는 눈치를 보였다. 하루 이틀도 아니고 날이 가고 달이 가도 친구의 연적 욕심은 수그러들지 않았다. 그래서 필자는 친구가 출타한 틈을 타 그 연적을 친구네 집 문갑 위에 살짜기 얹어 두고 나왔다. 그러고는 그 연적이 보고 싶을 때마다 친구네 집에 찾아가 실컷 만져 보고 돌아오곤 했다는 아름다운 이야기다.

옛 선비들도 문방사우로 사치를 부리는 일은 일반 사치와는 차별을 두었다. 유만주라는 이는 「흠영」이란 글에서 문방구로 사치를 부리는 일을 옹호하기까지 했다.

먹고 마시는데 사치를 부리면 신체에 해를 끼치며, 옷을 사치스럽게 입으면 품위를 망가뜨린다. 그러나 문방구에 사치를 부리면 부릴수록 고아하다.

옛날에도 책 도둑은 도둑이 아니라 선비 사회에서 흔히 있을 수 있는 일이라 했으니 문방구 도둑은 도둑이 아닌 셈이다. 그러면 그림 도둑도 책이나 문방구 도둑처럼 도둑이 아닌 그냥 선비인가. 참으로 헷갈리네.

우리 집에서 기러기 그림을 들고 새벽에 달아난 그 친구는 몇 년 뒤 오스트리아에서 티롤 모자 하나를 우편으로 부쳐 왔다. 그는 그림을 몰래 가져 간 죄스런 마음을 모자에 담아 보냈겠지만 나는 그렇게 생각하지 않는다.

우리 집을 떠난 기러기가 그리운 정을 못 잊어 곤하게 자고 있는 새벽녘에 모자 하나를 물어다 주고 다시 먼 길을 떠났겠거니. 아암, 그렇겠거니.

옻닭 집 작은 음악회

봄비가 내리고 있었다. 바람이 세차게 부는지 눈앞 풍경이 찢어지는 것 같았다. 그래도 기분은 상쾌했다. 지난밤엔 '쌀뜨물 연못에서 달구경'이란 글 한 편을 썼기 때문에 빚 갚은 날처럼 날아갈 듯 가뿐했다. 간밤 글은 가난한 선비가 마당에 구덩이를 파고 쌀 씻은 물을 부어 놓고 연못인양 혼자서 달구경하는 풍류를 엮은 것이다. 이렇듯 풍류는 빈곤 속에서도 능히 누릴 수 있는 보석 같은 것이어서 나도 봄비 오는 아침에 그런 풍류를 즐기고 싶었다.

쌀뜨물 연못에서 출발한 나의 의식은 뭔가 신나는 놀이감을 찾아다니다 문득 양철지붕의 빗소리를 기억해 냈다. 궁하면 통하는지 아니면 텔레파시가 강력한 전파를 날려 보낸 것인지 친구 S에게서 전화가 왔다. "팔공산 밑 옻닭 집에서 빗소리를 듣자"는 것이었다. 그러면서 "와인도 한 병 준비했다"고 귀띔해 주었다.

옻닭 집 방에 들어가 행장을 푸니 와인은 99년도 캘리포니아 나파(Napa) 계곡 포도로 빚은 '파 니엔테(Far Niente)'였다. 다른 보따리엔 CD 플레이어와 대여섯 장의 CD가 들어 있었다. 붉은 와인에 빗소리를 타 마시는 것만으로도 비 오는 날의 오후가 충분히 행복할 수 있었는데 기대하지 않았던 음(音)의 선물은 덤이었다.

두 부부가 밥상에 둘러앉아 와인의 코르크 마개를 뽑아 올리니 '뽀옥' 하는 예쁜 소리가 났다. 와인이 유리잔에 따라지는 소리도 맑고 상큼했다.

이렇게 오붓하게 앉아 와인에 음악까지 즐기고 있으니 뒤통수가 당기는 듯 뭔가 송구스러웠다. 엊저녁에 술잔도 들지 않고 쌀뜨물 연못가에 앉아 달구경하던 그 선비를 이 자리에 초대할 수 있다면 얼마나 좋을까 하는 부질없는 생각이 미안한 마음을 불러낸 것 같았다.

스피커에선 첼리스트 요요마의 '더 폴스(The Falls)'가 흘러나왔다. 우리 모두는 행복한 얼굴로 와인을 마시며 약간씩 몸을 흔들고 있었다. 스트라디바리우스의 활이 좌우로 움직일 때마다 첼로는 낮게 흐느끼다가 때론 울부짖었다. 열린 문으로 마구 밀고 들어오는 계곡의 물소리와 양철지붕의 빗소리가 한데 어울려 멋진 화음을 만들어냈다. 이렇게 멋진 비 오는 날의 낭만. 우린 음악과 와인 속으로 서서히 빠져 들어가고 있었다.

닭백숙이 들어오고 뉴 에이지 음악을 이끌고 있는 야니(Yanni)의 곡으로 이어졌다. 빗소리에 맞춰 '더 레인 머스트 폴(The Rain Must Fall)'을 들으며 우린 닭다리 하나씩을 뜯고 있었다. 비가 왜 내려야 하는지를 마지막 부분의 바이올린이 너무 강하게 울어 제치는 바람에 나도 모르게 닭다리 뼈다귀를 활로 착각할 정도였다.

야니의 음악은 묘한 매력이 있었다. 음악에 취해 음식이 줄어들지 않았다. 이동원의 '귀천'으로 갈아 끼우자 분위기는 확 달라졌다. "하늘로 돌아가리라, 이 세상 소풍 끝나는 날 가서 아름다웠더라고 말하리라." 이 노래가 끝나자 친구가 옆자리 부인에게 말했다.

"여보, 오래 전부터 이 말이 하고 싶었소. 오늘 '귀천'을 듣고 보니 말하지 않고는 못 배기겠소. 내가 이승을 하직하는 날 나의 장례식 음익은 '오! 사랑하는 나의 아버지'를 틀어 줘요. 영화 「대부」 제3부의 마지막 장면에 나오는 '오! 미오 바비노 카로(Mio Babbino Caro)' 그 곡 말이오."

우리는 요요마와 야니의 음악을 들을 때까진 즐거웠고 살아 있다는 게 정말 행복했다. 그러나 세상 소풍 끝나는 날, 관 속에서 들을 음악까지 선곡하고 나니 갑자기 여태까지의 기쁜 감정이 슬픔으로 바뀌었다. 빈 술잔에 남은 와인을 따르고 식어 버린 열정 같은 닭고기를 씹고 앉았으니 마치 장례식장의 조문객들 틈에 끼어 '오! 사랑하는 나의 아버지'를 조곡으로 듣고 있는 것 같았다. 우리는 조금은 우울했고 약간씩 슬퍼지기 시작했다.

이날 옻닭 집 작은 음악회는 라스트 신이 정말 기억 속에 오래 남아 있는 슬픈 영화처럼 그렇게 끝이 났다. '오! 미오 바비노 카로 '

구활 具活

경북 경산 하양에서 태어나다. 매일신문 문화부장,
논설위원을 지내다. 수필집 『시간이 머문 풍경』
『하얀거 다음날』 『고향집 앞에서』 등을 출간하다.
현대수필문학상 대구문학상 금복문화예술상을
수상하다. 매일신문에 〈구활의 스케치 기행〉
100회를 연재하다.

바람에 부치는 편지
- 옛 선비의 풍류와 멋
구활 지음

초판 2쇄 발행일 ── 2007년 8월 20일
발행인 ── 이규상
발행처 ── 눈빛출판사 서울시 마포구 성산동 628-4호
　　　　　　　전화 336-2167 팩스 324-8273
등록번호 ── 제1-839호
등록일 ── 1988년 11월 16일
편집 ── 정계화·고성희·박보경
출력 ── DTP 하우스
인쇄 ── 예림인쇄
제책 ── 일광문화사
값 10,000원
Copyright ⓒ 2007 by Koo Hwal
ISBN 978-89-7409-940-4
www.noonbit.co.kr